Best Time

白 马 时 光

万般迷津，
唯有自渡

季羡林

——

著

百花洲文艺出版社
BAIHUAZHOU LITERATURE AND ART PRESS

图书在版编目（CIP）数据

万般迷津，唯有自渡 / 季羡林著 . — 南昌：百花
洲文艺出版社，2022.7
ISBN 978-7-5500-4749-5

Ⅰ . ①万… Ⅱ . ①季… Ⅲ . ①散文集－中国－当代
Ⅳ . ① I267

中国版本图书馆 CIP 数据核字（2022）第 102336 号

万般迷津，唯有自渡
WANBAN MIJIN WEIYOU ZIDU

季羡林　著

出 版 人	章华荣
出 品 人	李国靖
特约监制	朱　敬
责任编辑	刘　云
特约策划	龚婷婷
特约编辑	龚婷婷
营销编辑	赵　珊
封面设计	尚燕平
版式设计	彭　娟
出版发行	百花洲文艺出版社
社　　址	南昌市红谷滩区世贸路 898 号博能中心Ⅰ期 A 座 20 楼
邮　　编	330038
经　　销	全国新华书店
印　　刷	三河市兴博印务有限公司
开　　本	880mm×1230mm　　1/32
印　　张	8.25
字　　数	170 千字
版　　次	2022 年 7 月第 1 版
印　　次	2022 年 7 月第 1 次印刷
书　　号	ISBN 978-7-5500-4749-5
定　　价	52.80 元

赣版权登字：05-2022-104

发行电话　0791-86895108　　　　　网　址　http://www.bhzwy.com
图书若有印装错误，影响阅读，可向承印厂联系调换。

目 录

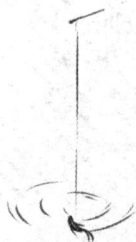

I

贰

万物有灵，
向阳而生

肆

勘探自我，
心之彼岸

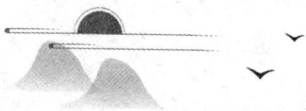

〈伍〉

万里星光，
一如既往

壹

万般滋味，都是生活

　　我的心，虽然像黄土一样地黄，却不能像黄土一样地安定。我被圈在这样一个小的天井里：天井的四周都栽满了树。榆树最多，也有桃树和梨树。每棵树上都有母亲亲自砍伐的痕迹。

母与子

一想到故乡，就想到一个老妇人。我自己也觉得奇怪：干皱的面纹，霜白的乱发，眼睛因为流泪多了镶着红肿的边，嘴瘪了进去。这样一张面孔，看了不是很该令人不适意的吗？为什么它总霸占住我的心呢？但是再一想到，我是在怎样的一个环境里遇到了这老妇人，便立刻知道，她不但现在霸占住我的心，而且要永远地霸占住了。

现在回忆起来，还恍如眼前的事。——去年的初秋，因为母亲的死，我在火车里闷了一天，在长途汽车里又颠荡了一天以后，又回到八年没曾回过的故乡去。现在已经不能确切地记得是什么时候，只记得才到故乡的时候，树丛里还残留着一点浮翠；当我离开的时候就只有淡远的长天下一片凄凉的黄雾了。就在这浮翠里，我踏上印着自己童年游踪的土地。当我从远处看到自己的在烟云笼罩下的小村的时候，想到死去的母亲就躺在这烟云里的某一个角落里，我不能描写我的心情。像一团烈焰在心里烧着，又像严冬的厚冰积在心头。我迷惘地撞进了自己的家。在泪光里看着一切都在浮动。我更不能描写当我看到母亲的棺材时的心情。几次在梦里接受了母亲的微笑，现在微笑的人却已经睡在这木匣子里了。有谁有过同我一样的境遇的么？他大概知道我的心是怎样地绞痛了。我哭，我哭到一直不知道自己是在哭。渐渐地听到四周有嘈杂的人声围绕着我，似乎都在劝解我，都叫着我的乳名，自己听了，在冰冷的心里也似乎得到了点温热。又经过了许久，我才睁开眼。看到了许多以前熟悉现在都变了但也还能认得出来的面孔。除了自己家里的大娘婶子以外，我就看到了这个老妇人：干皱的面纹，霜白的乱发，眼睛因为流泪多了镶着红肿的边，嘴瘪了进去……

她就用这瘪了进去的嘴，一凹一凹地似乎对我说着什么话。我只听到絮絮的扯不断拉不断仿佛念咒似的低声，并没有听清她对我说的什么。等到阴影渐渐地从窗外爬进来，我从窗棂里看出去，小院里也织上了一层朦胧的暗色。我似乎比以前清楚了点。看到眼前仍然挤着许多人。在阴影里，每个人摆着一张阴暗苍白的面孔，却看不到这一凹一凹的嘴了。一打听，才知道，她就是同村的算起来比我长一辈的，应该叫作大娘之流的我小时候也曾抱我玩过的一个老妇人。

以后，我过的是一个极端痛苦的日子。母亲的死使我对一切都灰心。以前也曾自己吹起过幻影：怎样在十几年的漂泊生活以后，回到故乡来，听到母亲的一声含有温热的呼唤，仿佛饮一杯甘露似的，给疲惫的心加一点生气，然后再冲到人世里去。现在这幻影终于证实了是个幻影，我现在是处在怎样一个环境里呢？——寂寞冷落的屋里，墙上满布着灰尘和蛛网。正中放着一个大而黑的木匣子。这匣子装走了我的母亲，也装走了我的希望和幻影。屋外是一个用黄土堆成的墙围绕着的天井。墙上已经有了几处倾地的缺口，上面长着乱草。从缺口里看出去是另一片黄土的墙，黄土的屋顶，黄土的街道，接连着枣树林里的一片淡淡的还残留着点绿色的黄雾，枣林的上面是初秋阴沉的也有点黄色的长天。我的心也像这许多黄的东西一样地黄，也一样地阴沉。一个丢掉希望和幻影的人，不也正该丢掉生趣吗？

我的心，虽然像黄土一样地黄，却不能像黄土一样地安定。我被圈在这样一个小的天井里：天井的四周都栽满了树。榆树最多，也有桃树和梨树。每棵树上都有母亲亲自砍伐的痕迹。在给烟熏黑了的小厨房里，还有母亲没死前吃剩的半个茄子，半棵葱。吃饭用的碗筷，随时用的手巾，都印有母亲的手泽和口泽。在地上的每一块砖上，每一块土上，母亲在活着的时候每天不知道要踏过多少次。这活着，并不渺远，一点都不；只不过是十天前。十天算是怎样短的一个时间呢？然而不管怎样短，就在十天后的现在，我却只看到母亲躺在这黑匣子里。看不到，永远也看不到，母亲的身影再在榆树和桃树中间，在这砖上，在黄的墙，黄的枣林，黄的长天下游动了。

虽然白天和夜仍然交替着来，我却只觉到有夜。在白天，我有颗夜的心。在夜里，夜长，也黑，长得莫明其妙，黑得更莫明其妙；更黑的还是我的心。我枕着母亲枕过的枕头，想到母亲在这枕头上想到她儿子的时候不知道流过多少泪，现在却轮到我枕着这枕头流泪了。凄凉零乱的梦萦绕在我的四周，我睡不熟。在朦胧里睁开眼睛，看到淡淡的月光从门缝里流进来，反射在黑漆的棺材上的清光。在黑影里，又浮起了母亲的凄冷的微笑。我的心在战栗，我渴望着天明。但夜更长，也更黑，这漫漫的长夜什么时候过去呢？我什么时候才能看到天光呢？

时间终于慢慢地走过去。——白天里悲痛袭击着我，夜间里黑暗压住了我的心。想到故都学校里的校舍和朋友，恍如回望云天里的仙阙，又像捉住了一个荒诞的古代的梦。眼前仍然是一片黄土色。每天接触到的仍然是一张张阴暗灰白的面孔。他们虽然都用天真又单纯的话和举动来对我表示亲热，但他们哪能了解我这一腔的苦水呢？我感觉到寂寞。

就在这时候，这老妇人每天总到我家里来看我。仍然是干皱的面纹，霜白的乱发，眼睛镶着红肿的边，嘴瘪了进去。就用瘪了进去的嘴一凹一凹地絮絮地说着话，以前我总以为她说的不过是同别人一样的劝解我的话，因为我并没曾听清她说的什么。现在听清了，才知道从这一凹一凹的嘴里发出的并不是我想的那些话。她老向我问着外面的事情，尤其很关心地问着军队的事情。对于我母亲的死却一句也不提。我很觉到奇怪。我不明了她的用意。我在当时那种心情之下，有什么心绪同她闲扯呢？当她絮絮地扯不断拉不断地仿佛念咒似的说着话的时候，我仍然看到母亲的面影在各处飘，在榆树旁，在天井里，在墙角的阴影里。寂寞和悲哀仍然霸占住我的心。我有时也答应她一两句。她于是就絮絮地说下去，说，她怎样有一个儿子，她的独子，三年前因为在家没有饭吃，偷跑了出去当兵。去年只接到了他的一封信，说是不久就要开到不知道哪里去打仗。到现在又一年没信了。留下一个媳妇和一个孩子（说着指了指偎她身旁的一个肮脏的拖着鼻涕的小孩）。家里又穷，几年来年成又不好，媳妇时常哭……问我知道不知道他在什么地方。说着，在叹了几口气以后，晶莹的泪点顺着干皱的面纹流下来，流过一凹一凹的嘴，落到地上去了。我知道，悲哀怎样啃着这老妇人的心。本来需要安慰的我也只好反过头来，安慰她几句，看她领着她的孙子沿着黄土的路踽踽地走去的渐渐消失的背影。

接连着几天的过午，她总领着她孙子来看我。她这孙子实在不高明，肮脏又淘气。他死死地缠住她。但是她却一点都不急躁。看着她孙子的拖着鼻涕的面孔，微笑就浮在她这瘪了进去的嘴旁。拍着他，嘴里哼着催眠曲似的歌。我知道，这单纯的老妇人怎样在她孙子身上发见了她儿子。她仍然絮絮地问着我，关于外面军队里的事情。问我知道她儿子在什么地方不。我也很想在谈话间隔的时候，问她一问我母亲活着时的情形，好使我这八年不见面的渴望和悲哀的烈焰消歇一点。她却只"唔唔"两声支吾过去，仍然絮絮地扯不断拉不断地仿佛念咒似的自己低语着，说她儿子小的时候怎样淘气，有一次，他打碎一个碗，她打了他一掌，他哭得真凶呢。大了怎样不正经做活。说到高兴的地方，也有一线微笑掠过这干皱的脸。最后，又问我知道她儿子在什么地方不。

我发现了这老妇人出奇地固执。我只好再安慰她两句。在黄昏的微光里，送她出去。眼看着她领着她的孙子在黄土道上踽踽地凄凉地走去。暮色压在她的微驼的背上。

就这样，有几个寂寞的过午和黄昏就度过了。间或有一两天，这老妇人因为有事没来看我。我自己也受不住寂寞的袭击，常出去走走。紧靠着屋后是一个大坑，汪洋一片水，有外面的小湖那样大。是秋天，前面已经说过。坑里丛生着的芦草都顶着白茸茸的花。望过去，像一片银海。芦花的里面是水。从芦花稀处，也能看到深碧的水面。我曾整个过午坐在这水边的芦花丛里，看水面反射的静静的清光。间或有一两条小鱼冲出水面来喽喋着。一切都这样静。母亲的面影仍然浮动在我眼前。我想到童年时候怎样在这里洗澡；怎样在夏天里，太阳出来以前，水面还发着蓝黑色的时候，沿着坑边去摸鸭蛋；倘若摸到一个的话，拿给母亲看的时候，母亲的微笑怎样在当时的童稚的心灵里开成一朵花；怎样又因为淘气，被母亲在后面追打着，当自己被逼紧了跳下水去站在水里回头看岸上的母亲的时候，母亲却因了这过分顽皮的举动，笑了，自己也笑。……然而这些美丽的回忆，却随了母亲给死吞噬了去。只剩了一把两把的眼泪。我要问，母亲怎么会死了？我究竟是什么东西？但一切都这样静。我眼前闪动着各种的幻影。芦花流着银光，水面上反射着青光，夕阳的残晖照在树梢上发着金光：这一切都混杂地搅动在我眼前，像一串串的金星，又像迸发的火花。里面仍然闪动着母亲的面影，也是一串串地，——我忘记了自己，忘记了一切，像浮在一个荒诞的神话里，踏着暮色走回家了。

有时候，我也走到场里去看看。豆子谷子都从田地里用牛车拖了来，堆成一个个小山似的垛。有的也摊开来在太阳里晒着。老牛拖着石碾在上面转，有节奏地摆动着头。驴子也摇着长耳朵在拖着车走。在正午的沉默里，只听到豆荚在阳光下开裂时毕剥的响声，和柳树下老牛的喘气声。风从割净了庄稼的田地里吹了来，带着土的香味。一切都沉默。这时候，我又往往遇到这个老妇人，领着她的孙子，从远远的田地里顺着一条小路走了来，手里间或拿着几支玉蜀黍秸。霜白的发被风吹得轻微地颤动着。一见了我，立刻红肿的眼睛里也仿佛有了光辉。站住便同我说起话来。嘴一凹一凹地说过了几句话以后，立刻转到她的儿子身上。她自己又低着头絮絮地扯不断拉不断地仿佛念咒似的说起来。又说到她儿子小的时候怎样淘气。有一次他摔碎了一个碗。她打了他一掌，他哭得真凶呢。他大了又怎样不正经做活。说到高兴的地方，干皱的脸上仍然浮起微笑。接着又问到我外面军队上的情形，问我知道他在什么地方、见过他没有。她还要我保证，他不会被人打死的。我只好再安慰安慰她，说我可以带信给他，叫他家来看她。我看到她那一凹一凹的干瘪的嘴旁又浮起了微笑。旁边看的人，一听到她又说这一套，早走到柳荫下看牛去了。我打发她走回家去，仍然让沉默笼罩着这正午的场。

这样也终于没能延长多久，在由一个乡间的阴阳先生按着什么天干地支找出的所谓"好日子"的一天，我从早晨就穿了白布袍子，听着一个人的暗示。他暗示我哭，我就伏在地上咧开嘴嚎嗨地哭一阵，正哭得淋漓的时候，他忽然暗示我停止，我也只好立刻收了泪。在收了泪的时候，就又可以从泪光里看来往往的各样的吊丧的人，也就嚎啕过几场，又被一个人牵着东走西走。跪下又站起，一直到自己莫名其妙，这才看到有几十个人去抬母亲的棺材了。——这里，我不愿意，实在是不可能，说出我看到母亲的棺材被人抬动时的心痛。以前母亲的棺材在屋里，虽然死仿佛离我很远，但只隔一层木板里面就躺着母亲。现在却被抬到深的永恒黑暗的洞里去了。我脑筋里有点糊涂。跟了棺材沿着坑走过了一段长长的路，到了墓地。又被拖着转了几个圈子……不知怎样脑筋里一闪，却已经给人拖到家里来了。又像我才到家时一样，渐渐听到四周有嘈杂的人声围绕着我，似乎又在说着同样的话。过了一会，我才听到有许多人都说着同样的话，里面杂着絮絮地扯不断拉不断的仿佛念咒似的低语。我听出是这老妇人的声音，但却听不清她说的什么，也看不到她那一凹一凹的嘴了。

在我清醒了以后，我看到的是一个变过的世界。尘封的屋里，没有了黑亮的木匣子。我觉得一切都空虚寂寞。屋外的天井里，残留在树上的一点浮翠也消失到不知哪儿去了。草已经都转成黄色，耸立在墙头上，在秋风里打颤。墙外一片黄土的墙更黄；黄土的屋顶，黄土的街道也更黄；尤其黄的是枣林里的一片黄雾，接连着更黄更黄的阴沉的秋的长天。但顶黄顶阴沉的却仍然是我的心。一个对一切都感到空虚和寂寞的人，不也正该丢掉希望和幻影吗？

又走近了我的行期。在空虚和寂寞的心上，加上了一点绵绵的离情。我想到就要离开自己漂泊的心所寄托的故乡。以后，闻不到土的香味，看不到母亲住过的屋子、母亲的墓，也踏不到母亲曾经踏过的地。自己心里说不出是什么味。在屋里觉得窒息，我只好出去走走。沿着屋后的大坑踱着。看银耀的芦花在过午的阳光里闪着光，看天上的流云，看流云倒在水里的影子。一切又都这样静。我看到这老妇人从穿过芦花丛的一条小路上走了来。霜白的乱发，衬着霜白的芦花，一片辉耀的银光。极目苍茫微明的云天在她身后伸展出去，在云天的尽头，还可以看到一点点的远村。这次没有领着她的孙子。神气也有点匆促，但掩不住干皱的面孔上的喜悦。手里拿着有一点红颜色的东西，递给我，是一封信。除了她儿子的信以外，她从没接到过别人的信。所以，她虽然不认字，也可以断定这是她儿子的信。因为村里人没有能念信的，于是赶来找我。她站在我面前，脸上充满了微笑；红肿的眼里也射出喜悦的光，瘪了进去的嘴仍然一凹一凹地动着，但却没有絮絮的念咒似的低语了。信封上的红线因为淋过雨扩成淡红色的水痕。看邮戳，却是半年前在河南南部一个做过战场的县城里寄出的。地址也没写对，所以经过许多时间的辗转。但也居然能落到这老妇人手里。我的空虚的心里，也因了这奇迹，有了点生气。拆开看，寄信人却不是她儿子，是另一个同村的跑去当兵的。大意说，她儿子已经阵亡了，请她找一个人去运回他的棺材。——我的手战栗起来。这不正给这老妇人一个致命的打击吗？我抬眼又看到她脸上抑压不住的微笑。我知道这老人是怎样切望得到一个好消息。我也知道，倘若我照实说出来，会有怎样一幅悲惨的景象展开在我眼前。我只好对她说，她儿子现在很好，已经升了官，不久就可以回家来看她。她喜欢得流下眼泪来。嘴一凹一凹地动着，她又扯不断拉不断地絮絮地对我说起来。不厌其详地说到她儿子各样的好处；怎样她昨天夜里还做了一个梦，梦着他回来。我看到这老妇人把信揣在怀里转身走去的渐渐消失的背影，我再能说什么话呢？

第二天，我便离开我故乡里的小村。临走，这老妇人又来送我。领着她的孙子，脸上堆满了笑意。她不管别人在说什么话，总絮絮地扯不断拉不断地仿佛念咒似地自己低语着。不厌其详地说到她儿子的好处，怎样她昨天夜里还做了一个梦，梦见她儿子回来，她儿子已经升成了官了。嘴一凹一凹地急促地动着。我身旁的送行人的脸色渐渐有点露出不耐烦，有的也就躲开了。我偷偷地把这信的内容告诉别人，叫他在我走了以后慢慢地转告给这老妇人。或者简直就不告诉她。因为，我想，好在她不会再有许多年的活头，让她抱住一个希望到坟墓里去吧。当我离开这小村的一刹那，我还看到这老妇人的眼睛里的喜悦的光辉，干皱的面孔上浮起的微笑。……

不一会，回望自己的小村，早在云天苍茫之外，触目尽是长天下一片凄凉的黄雾了。

在颠簸的汽车里，在火车里，在驴车里，我仍然看到这圣洁的光辉，圣洁的微笑，那老妇人手里拿着那封信。我知道，正像装走了母亲的大黑匣子装走了我的希望和幻影，这封信也装走了她的希望和幻影。我却又把这希望和幻影替她拴在上面，虽然不知道能拴得久不。

　　经过了萧瑟的深秋，经过了阴暗的冬，看死寂凝定在一切东西上。现在又来了春天。回想故乡的小村，正像在故乡里回想到故都一样。恍如回望云天里的仙阙，又像捉住了一个荒诞的古代的梦了。这个老妇人的面孔总在我眼前盘桓：干皱的面纹，霜白的乱发，眼睛因为流泪多了镶着红肿的边，嘴瘪了进去。又像看到她站在我面前，絮絮地扯不断拉不断地仿佛念咒似的低语着，嘴一凹一凹地在动。先仿佛听到她向我说，她儿子小的时候怎样淘气，怎样有一次他摔碎了一个碗，她打了他一巴掌，他哭。又仿佛看到她手里拿着一封雨水渍过的信，脸上堆满了微笑，说到她儿子的好处，怎样她做了一个梦，梦着他回来……然而，我却一直没接到故乡里的来信。我不知道别人告诉她她儿子已经死了没有，倘若她仍然不知道的话，她愿意把自己的喜悦说给别人，却没有人愿意听。没有我这样一个忠实的听者，她不感到寂寞吗？倘若她已经知道了，我能想象，大的晶莹的泪珠从干皱的面纹里流下来，她这瘪了进去的嘴一凹一凹地，她在哭，她又哭晕了过去……不知道她现在还活在人间没有？——我们同样都是被厄运踏在脚下的苦人，当悲哀正在啃着我的心的时候，我怎忍再看你那老泪浸透你的面孔呢？请你不要怨我骗你吧，我为你祝福！

1934 年 4 月 1 日

红

在我刚从故乡里走出来以后的几年里，我曾有过一段甜蜜的期间，是长长的一段。现在回忆起来，虽然每一件事情都仿佛有一层灰蒙蒙的氛围萦绕着，但仔细看起来，却正如读希腊的神话，眼前闪着一片淡黄的金光。倘若用了象征派诗人的话，这也算是粉红色的一段了。

当时似乎还没有多少雄心壮志，但眼前却也不缺少时时浮起来的幻想。从一个字不认识，进而认得了许多字，因而知道了许多事情；换了话说，就是从莫名其妙的童年里渐渐看到了人生，正如从黑暗里乍走到光明里去，看一切东西都是新鲜的。我看一切东西都发亮，都能使我的幻想飞出去。小小的心也便日夜充塞了欢欣与惊异。

我就带了一颗充塞了欢欣与惊异的心，每天从家里到一个靠近了墟墙有着一个不小的有点乡村味的校园的小学校里去上学。

沙着声念古文或者讲数学的年老而又装着威严的老师，自然引不起我的兴趣，在班上也不过用小刀在桌子上刻花，在书本上画小人头。一下班立刻随了几个小同伴飞跑到小池子边上去捉蝴蝶，或者去拣小石头子，整个的心灵也便倾注在蝴蝶的彩色翅膀上和小石头子的螺旋似的花纹里了。

　　从家里到学校是一段颇长的路。路既曲折狭隘，也偏僻。顶早的早晨，当我走向学校去的时候，是非常寂静，没有什么人走路的。然而，在我开始上学以后不久，我却遇到一个挑着担子卖绿豆小米的。以后，接连着几个早晨都遇到他。有一天的早晨，他竟向我微笑了。他是一个近于老境的中年人，有一张纯朴的脸。无论在衣服上在外貌上都证明他是一个老实的北方农民。然而他的微笑却使我有点窘，也害臊。这微笑在早晨的柔静的空气里回荡。我赶紧避开了他。整整的一天，他的微笑在我眼前晃动着。

　　第二天早晨，当我刚走出了大门，要到学校去的时候，我又遇到了他。他把担子放在我家门口，正同王妈争论米豆的价钱。一看到我，脸上立刻又浮起了微笑，嘴动了动，看样子是要对我讲话了。这微笑使我更有点窘，也更害怕，我又赶紧避开了他，匆匆地走向学校去。——那时大概正是春天。在未出大门之先，我走过了一段两边排列着正在开着的花的甬道。我也看到春天的太阳在这中年人的脸上跳跃。

　　在学校里仍然不外是捉蝴蝶，找石子。当我走回家坐在一间阴暗的屋里一张书桌旁边的时候，我又时时冲动似的想到这老实纯朴的中年人。他为什么向我笑呢？当时童稚的心似乎无论怎样也不能了解。小屋里在白天也是黑黝黝的。仅有的一个窗户给纸糊满了。窗外有一棵山丁香，正在开着花。窗户像个闸，把到处都充满了花香鸟语的春光闸在外面。当暮色从四面高高的屋顶上溜进了小院来的时候，我不再想到这中年人，我的心被星星的光吸引住，给蝙蝠的翅膀拖到苍茫的太空里去了。

接连着几天的早晨，我仍然遇到这中年人，每天放学回来就喝着买他的绿豆和小米做成的稀饭。因为见面熟了，我不再避开他。我知道他想同我讲话也不过是喜欢小孩的一种善意的表示。我们开始谈起话来。他所说的似乎都是些离奇怪诞的话。他告诉我：他见到过比象大的老鼠。这却不足使我震惊，因为当时我还没能看到过象。我觉得顶有趣的是他说到一个馒头皮竟有四里地厚，一个人啃了几个月才啃到馅；怎样一个鸡下了个比西瓜还大的卵；怎样一个穷小子娶了个仙女。当他看到我瞪大了错愕的眼睛看着他的时候，这老实的中年人孩子似的笑起来了。

经过了明媚的春天，接着是长长的暑假。暑假过了，是瑟冷的秋天：看落叶在西风里战抖。跟着来了冬天：看白雪装点的枯树。雪的早晨，我们堆雪人。晚上，我们在小院里捉迷藏。每天上学的时候，仍然碰到这中年人。回到家里来的时候，就又坐在那阴暗的屋里一张小桌旁看书什么的。窗户仍然是个闸，把夏的蓝得有点儿古怪的天、秋的长天、冬的灰暗的天都闸在外面。只有从纸缝里看到星星的光、月的光，听秋蝉的嘶声从黄了顶的树上飘下来。听大雪天寒鸦冷峭的鸣声。仿佛隔了一层世界。——就这样生活竟意外地平静，自己也就平静地活下去。

当第二年的清朗的春天看看要化入夏天的炎辉里去的时候，自己的心情上微微起了点变化。也许因为过去的生活太单调，心里总仿佛在渴望着什么似的，感到轻微的不满足。在学校里班上对刻字画人头也感到烦腻；沙着声念古文的老教员更使我讨厌得不可言状。这位老实的中年人的荒唐话再也不能引起我的兴趣。以前寄托在蝴蝶的彩色翅膀上、小石子的花纹里的空灵的天堂幻灭了。我渴望着抓到一个新的天堂，但新的却究竟在什么地方呢？

就在这时候，因了一个机缘的凑巧，我看到了《彭公案》之类的武侠小说。这里面给了我另外一个新奇的天堂——一个人凭空会上屋，会在树顶上飞。更荒唐的，一个怪人例如和尚道士之流的，一张嘴就会吐着一道白光，对方的头就在这白光里落下了来。对我，这是一个天大的奇迹。这奇迹是在蝴蝶翅膀上、小石子的花纹里绝对找不到的。我失掉的天堂终于又在这里找到了。

最初读的时候，自然有许多不识的字。但也能勉强看下去，而明了书里的含意。只要一看书的插图，就使我够满意的了：一个个有着同普通人不一样的眼、眉、胡子。手里都拿着刀枪什么的。这些图上的小人占据了我整个的心。我常常整整的一个过午逃了学，找一个僻静的地方去读小说。黄昏的时候，走回家去，红着脸对付家里大人们的询问。脑子里仍然满装着剑仙剑侠之流的飞腾的影子。晚上，夜深人静的时候，一觉醒转来，看看窗纸上微微有点白光的晃动；我知道，这是王妈起来纺麻线了。我于是也悄悄地起来，拿一本小说，就着纺线的灯光瞅着一行行蚂蚁般大的小字，一直读到小字真像蚂蚁般地活动起来。一闭眼，眼前浮动着一丛丛灿烂的花朵。这时候才嗅到夜来香的幽香一阵阵往鼻子里挤。花的香合了梦一齐压上了我。第二天早晨到学校去的路上，倘若遇到那位老实的中年人，我不再听他那些荒唐怪诞的话，我却要把我的剑侠剑仙之流的飞腾说给他听了。

我现在也有了雄心壮志了，是荒唐的雄心壮志。我老想着，怎样我也可以一张嘴就吐出一道白光，使敌人的头在白光里掉在地上；怎样我也可以在黑夜的屋顶上树顶上飞。在我眼前蓦地有一条黑影一晃，我知道是来了能人了。我于是把嘴一张，立刻一道白光射出去，眼看着那人从几十丈高的墙上翻身落下去。这不是天下的奇观吗？自己心里仿佛真有那样一回事似的愉快。同时，也正有同我年纪差不多的小孩子，他们也有着同样的雄心壮志。他们告诉我，怎样去练铁砂掌，怎样去练隔山打牛。我于是回到家里就实行。候着没有人在屋里的时候，把手不停地向盛着大米或绿豆的缸里插，一直插到全手麻木了，自己一看，指甲与肉接连着的一部分已经磨出了血。又在帐子顶上悬上一个纸球，每天早晨起床之先，先向空打上一百掌，据说倘若把球打动了，就能百步打人。晚上，在小院里，在夜来香的丛中，背上斜插着一条量布用的尺，当作宝剑。同一群小孩玩的时候，也凛凛然仿佛有不可一世的气概似的。

但是，把手向大米或绿豆里插已经流过几次血，手痛不能再插。凭空打球终于也没看见球微微地动一动。心里渐渐感到轻微的失望。已经找到的天堂现在又慢慢幻灭了去。自己以前的希望难道真的都是幻影吗？以后，又渐渐听到别人说，剑侠剑仙之流的怪人，只有古时候有，现在是不会有的了。我深深地感到失掉幻影的悲哀。但别人又对我说，现在只有绿林豪杰相当于古时候的剑侠。我于是又向往绿林豪杰了。

说到绿林豪杰，当时我还没曾见过。我只觉得他们不该同平常人一样。他们应该有红胡子、花脸、蓝眼睛，一生气就杀人的，正像在舞台上见到的一些人物一样。这都不是很可怕的吗？但当时却只觉得这样的人物的可爱。这幻想支配着我。晚上，我梦着青面红发的人在我屋里跳。第二天早晨起来，无论是花的早晨，雨的早晨，云气空灵的早晨，蝉声鸣彻的早晨，我总是遇到这老实的中年人。他腻着我告诉他关于剑侠剑仙的故事。我红着脸没有说话，却不告诉他我这新的向往。虽然有点窘，我仍然是愉快的。——在我心里也居然有一个秘密埋着了。

这时候，如火如荼的夏天已经渐渐化入秋的朗远里去。每天早晨到学校去的时候，蝉声和秋的气息萦混在微明的空气里。在学校里听年老的老师大声念古文，回到家里来的时候，就仍然坐在阴暗的屋里一张小桌的旁边，做着琐碎的事情，任窗户把秋的长天，带着星星的长天，和了玉簪花的幽香阑在外面。接连着几天的早晨，我没遇到这中年人。我真有点想他，想他那纯朴的北方农民特有的面孔。我仍然走以前走的那偏僻的路。顶早的早晨仍然是非常寂静。没有什么人走路的。我遇不到这老实的中年人，心里感觉到缺少点什么。我踽踽地独行着，这长长的路就更显得长起来。我问自己：难道他有什么意外的不幸的事情么？

这样也就过了一个多月。等到天更蓝、更高，触目的是一片萧瑟的淡黄色的时候，我心里又给别的东西挤上。这老实的中年人的影子也渐渐消失了。就这样一个萧瑟淡黄的黄昏里，因为有事，我走过一条通到墟子外的古老的石头街。街两边挤满了人，都伸长了脖颈，仿佛期待着什么似的。我也站下来。一问，才知道今天要到墟子外河滩里杀土匪，这使我惊奇。我倒要看看杀人到底是什么样子。不久，就看见刽子手蹒跚地走了过去，背着血痕斑驳的一个包，里面是刀。接着是马队步队。在这一队人的中间是反手缚着的犯人，脸色比蜡还黄。别人是啧啧地说这家伙没种的时候，我却奇怪起来：为什么这人这样像那卖绿豆小米的老实的中年人呢？随着就听到四周的人说：这人怎样在乡里因为没饭吃做了土匪；后来洗了手，避到济南来卖绿豆小米；终于给人发现了捉起来。我的心立刻冰冷了，头嗡嗡地响，我却终于跟了人群到墟子外去，上千上万的人站成了一个圈子。这老实的中年人跪在正中，只见刀一闪，一道红的血光在我眼前一闪。我的眼花了。回看西天的晚霞正在天边上结成了一朵大大的红的花。

这红的花在我眼前晃动。当我回到那阴暗的屋里去的时候，窗户虽然仍然能把秋的长天阑在外面，我的眼仿佛能看透窗户，看到有着星星的夜的天空满是散乱的红的花。我看到已经落净了叶子的树上满开着红的花。红的花又浮到我梦里去，成了橹，成了船，成了花花翅膀的蝴蝶；一直只剩下一片通明的红。第二天早晨上学的时候，冷僻的长长的路上到处泛动着红的影子。在残蝉的声里，我也仿佛听出了红声。小石子的花纹也都转成红的了。

到现在虽然已经过了十多年了，只要我眼花的时候，我仍然能把一切东西看成红的。这红，奇异的红，苦恼着我。我前面不是说，这是粉红色的一段么？我仍然不否认这话。真的，又有谁能否认呢？我只要回忆到这一段，我就能看见自己的微笑，别人的微笑；连周围的东西也都充满了笑意。咧着嘴的大哭里也充满了无量的甜蜜；我就能看见自己的影子，在向大米缸里插手，在凭空击着纸球；我也就能看见这老实的中年的北方农民特有的纯朴的面孔，他向我微笑着说话的样子，只有这中年人使我这粉红色的一段更柔美。也只有他把这粉红色的一段结尾涂上了大红。这红色给我以大的欢喜，它遮盖了一切存在在我的回忆里的影子。但也对我有大威胁，它时常使我战栗。每次我看到红色的东西，我总想到这老实的中年人。——我仿佛还能看到我们俩第一次见面时春的阳光在他脸上跳跃，和最后一瞥里，他脸上的蜡黄。——我应该怜悯他呢？或者，正相反，我应该憎恶他呢？

1934 年 7 月 21 日

一双长满老茧的手

有谁没有手呢？每个人都有两只手。手，已经平凡到让人不再常常感觉到它的存在了。

然而，一天黄昏，当我乘公共汽车从城里回家的时候，一双长满了老茧的手却强烈地引起了我的注意。我最初只是坐在那里，看着一张晚报。在有意无意之间，我的眼光偶尔一滑，正巧落在一位老妇人的一双长满老茧的手上。我的心立刻震动了一下，眼光不由地就顺着这双手向上看去：先看到两手之间的一个胀得圆圆的布包；然后看到一件洗得挺干净的褪了色的蓝布褂子；再往上是一张饱经风霜布满了皱纹的脸，长着一双和善慈祥的眼睛；最后是包在头上的白手巾，银丝般的白发从里面披散下来。这一切都给了我极好的印象。但是给我印象最深的还是那一双长满了老茧的手，它像吸铁石一般吸住了我的眼光。

老妇人正在同一位青年学生谈话，她谈到她是从乡下来看她在北京读书的儿子的，谈到乡下年成的好坏，谈到来到这里人生地疏，感谢青年对她的帮助。听着她的话，我不由深深地陷入回忆中，几十年的往事蓦地涌上心头。

在故乡的初秋，秋庄稼早已经熟透了，一望无际的大平原上长满了谷子、高粱、老玉米、黄豆、绿豆等等，郁郁苍苍，一片绿色，里面点缀着一片片的金黄和星星点点的浅红和深红。虽然暑热还没有退尽，秋的气息已经弥漫大地了。

我当时只有五六岁，高粱比我的身子高一倍还多。我走进高粱地，就像是走进大森林，只能从密叶的间隙看到上面的蓝天。我天天早晨在朝露未退的时候到这里来掰高粱叶。叶子上的露水像一颗颗的珍珠，闪出淡白的光。把眼睛凑上去仔细看，竟能在里面看到自己的缩得像一粒芝麻那样小的面影，心里感到十分新鲜有趣。老玉米也比我高得多，必须踮起脚才能摘到棒子。谷子同我差不多高，现在都成熟了，风一吹，就涌起一片金浪。只有黄豆和绿豆比我矮，我走在里面，觉得很爽朗，一点也不闷气，颇有趾高气扬之概。

因此，我就最喜欢帮助大人在豆子地里干活。我当时除了跟大奶奶去玩以外，总是整天缠住母亲，她走到哪里，我跟到哪里。有时候，在做午饭以前，她到地里去摘绿豆荚，好把豆粒剥出来，拿回家去煮午饭。我也跟了来。这时候正接近中午，天高云淡，蝉声四起，蝈蝈儿也爬上高枝，纵声欢唱，空气中飘拂着一股淡淡的草香和泥土的香味。太阳晒到身上，虽然还有点热，但带给人暖烘烘的舒服的感觉，不像盛夏那样令人难以忍受了。

在这时候，我的兴致是十分高的。我跟在母亲身后，跑来跑去。捉到一只蚱蜢，要拿给她看一看；掐到一朵野花，也要拿给她看一看。棒子上长了乌霉，我觉得奇怪，一定问母亲为什么；有的豆荚生得短而粗，也要追问原因。总之，这一片豆子地就是我的乐园，我说话像百灵鸟，跑起来像羚羊，腿和嘴一刻也不停。干起活来，更是全神贯注，总想用最高的速度摘下最多的绿豆荚来。但是，一检查成绩，却未免令人气短：母亲的筐子里已经满了，而自己的呢，连一半还不到哩。在失望之余，就细心加以观察和研究。不久，我就发现，这里面也并没有什么奥妙，关键就在母亲那一双长满了老茧的手上。

这一双手看起来很粗，由于多年劳动，上面长满了老茧，可是摘起豆荚来，却显得十分灵巧迅速。这是我以前没有注意到的事情。在我小小的心灵里不禁有点困惑。我注视着它，久久不愿意把眼光移开。

我当时岁数还小，经历的事情不多。我还没能把许多同我的生活有密切联系的事情都同这一双手联系起来，譬如说做饭、洗衣服、打水、种菜、养猪、喂鸡，如此等等。我当然更没能读到"慈母手中线，游子身上衣"这样的诗句。但是，从那以后，这一双长满了老茧的手却在我的心里占据了一个重要的地位，留下了一个不可磨灭的印象。

后来大了几岁，我离开母亲，到了城里跟叔父去念书，代替母亲照顾我的生活的是王妈，她也是一位老人。

她原来也是乡下人，干了半辈子庄稼活。后来丈夫死了，儿子又逃荒到关外去，二十年来，音讯全无。她孤苦伶仃，一个人在乡里活不下去，只好到城里来谋生。我叔父就把她请到我们家里来帮忙。做饭、洗衣服、扫地、擦桌子，家里那一些琐琐碎碎的活全给她一个人包下来了。

王妈除了从早到晚干那一些刻板工作以外，每年还有一些带季节性的工作。每到夏末秋初，正当夜来香开花的时候，她就搓麻线，准备纳鞋底，给我们做鞋。干这活都是在晚上。这时候，大家都吃过了晚饭，坐在院子里乘凉，在星光下，黑暗中，随意说着闲话。我仰面躺在席子上，透过海棠树的杂乱枝叶的空隙，看到夜空里眨着眼的星星。大而圆的蜘蛛网的影子隐隐约约地印在灰暗的天幕上。不时有一颗流星在天空中飞过，拖着长长的火焰尾巴，只是那么一闪，就消逝到黑暗里去。一切都是这样静。在寂静中，夜来香正散发着浓烈的香气。

这正是王妈搓麻线的时候。干这个活本来是听不到多少声音的。然而现在那揉搓的声音却听得清清楚楚。这就不能不引起我的注意了。我转过身来，侧着身子躺在那里，借着从窗子里流出来的微弱的灯光，看着她搓。最令我吃惊的是她那一双手，上面也长满了老茧。这一双手看上去拙笨得很，十个指头又短又粗，像是一些老干树枝。但是，在这时候，它却显得异常灵巧美丽。那些杂乱无章的麻在它的摆布下，服服帖帖，要长就长，要短就短，一点也不敢违抗。这使我感到十分有趣。这一双手左旋右转，只见它搓呀搓呀，一刻也不停，仿佛想把夜来香的香气也都搓进麻线里似的。

这样一双手我是熟悉的，它同母亲的那一双手是多么相像呀。我总想多看上几眼。看着看着，不知道在什么时候，竟沉沉睡去了。到了深夜，王妈就把我抱到屋里去，同她睡在一张床上。半夜醒来，还听到她手里拿着大芭蕉扇给我赶蚊子。在朦朦胧胧中，扇子的声音听起来好像是从很远很远的地方传来似的。

去年秋天，我随着学校里的一些同志到附近乡村里一个人民公社去参加劳动。同样是秋天，但是这秋天同我五六岁时在家乡摘绿豆荚时的秋天大不一样。天仿佛特别蓝，草和泥土也仿佛特别香，人的心情当然也就特别舒畅了。——因此，我们干活都特别带劲。人民公社的同志们知道我们这一群白面书生干不了什么重活，只让我们砍老玉米秸。但是，就算是砍老玉米秸吧，我们干起来，仍然是缩手缩脚，一点也不利落。于是一位老大娘就走上前来，热心地教我们：怎样抓玉米秆，怎样下刀砍。在这时候，我注意到，她也有一双长满了老茧的手。我虽然同她素昧平生，但是她这一双手就生动地具体地说明了她的历史。我用不着再探询她的姓名、身世，还有她现在在公社所担负的职务。我一看到这一双手，一想到母亲和王妈的同样的手，我对她的感情就油然而生，而且肃然起敬，再说什么别的话，似乎就是多余的了。

就这样，在公共汽车行驶声中，我的回忆围绕着一双长满了老茧的手联成一条线，从几十年前，一直牵到现在，集中到坐在我眼前的这一位老妇人的手上。这回忆像是一团丝，愈抽愈细，愈抽愈多。它甜蜜而痛苦，错乱而清晰。在我一生中给我印象最深的三双长满了老茧的手，现在似乎重叠起来化成一双手了。它在我眼前不停地晃动，体积愈来愈扩大，形象愈来愈清晰。

　　这时候，老妇人同青年学生似乎发生了什么争执。我抬头一看：老妇人正从包袱里掏出来了两个煮鸡蛋，硬往青年学生手里塞，青年学生无论如何也不接受。两个人你推我让，正在争执得不可开交的时候，公共汽车到了站，蓦地停住了。青年学生就扶了老妇人走下车去。我透过玻璃窗，看到青年学生用手扶着老妇人的一只胳臂，慢慢地向前走去。我久久注视着他俩逐渐消失的背影。我虽然仍坐在公共汽车上，但是我的心却仿佛离我而去。

　　　　　　　　　　　　　　　　　　1961 年 9 月 25 日

天上人间

大家一看就知道，这个题目来自南唐李后主的词："流水落花春去也，天上人间。"这是表示他生活中巨大的落差的：从一个偏安的小君主一落而为宋朝的阶下囚，这落差真可谓大矣。我们平头老百姓是没有这些福气的。

但是，比这个较小的生活落差，我们还会有的。我现在已住在医院中，是赫赫有名的三〇一医院。这一所医院规模大、设备全，护士大夫水平高、敬业心强。

在这里治病，当然属于天上。

现在就让我在北京找一个人间的例子，我还真找不出来，因为我没有到过几家医院。

在这里，我只有乞灵于回忆了。

大约在六七十年以前，当时还在济南读书，父亲在故乡清平官庄病倒了。叔父和我不远数百里回老家探亲。父亲直挺挺地躺在土炕上，面色红润，双目甚至炯炯有光，只是不能说话。

那时候，清平官庄一带没有医生，更谈不到医院。只有北边十几里路的地方，有一个地主大庄园，这个地主被誉为医生。谁也不会去打听，他在哪里学的医。只要有人敢说自己是医生，百姓就趋之若鹜了，我当然不能例外。我从二大爷那里要了一辆牛车，隔几天上午就从官庄乘牛车，嘎悠嘎悠走十多里路去请大夫，决不会忘记在路上某一小村买一木盒点心。下午送大夫回家的时候，又不会忘记到某一小村去抓一服草药。

当时正是夏天，青纱帐茁起，正是绿林大王活动的好时候，青纱帐深处好像有许多只不怀好意的眼睛在瞅着我们，并不立即有什么行动，但是威胁是存在的。我并不为我自己担心，我贫无立锥之地，不管山大王或山小王，都不会对我感什么兴趣；但是坐在车里面的却有大地主身。平常时候，青纱帐一起，他就蛰伏在大庄园内，决不出门。现在为了给我这个大学生一个面子，冒险出来，给我父亲治病。

但是，结果怎样呢？结果是：暑假完了，父亲死了，牛车不再嘎悠了，点心匣子不再提了，秋收完毕，青纱帐消失了，地主可以安居大庄园里了。总之，父亲生病和去世这个过程，正好提供了一个与今天三〇一医院相反的例子。现在是天上，那时是人间。如此而已。

赋得永久的悔

题目是韩小蕙女士出的，所以名之曰"赋得"。但文章是我心甘情愿作的，所以不是八股。

我为什么心甘情愿作这样一篇文章呢？一言以蔽之，题目出得好，不但实获我心，而且先获我心：我早就想写这样一篇东西了。

我已经到了望九之年。在过去的七八十年中，从乡下到城里；从国内到国外；从小学、中学、大学到洋研究院；从"志于学"到超过"从心所欲不逾距"，曲曲折折，坎坎坷坷，既走过阳关大道，也走过独木小桥；既经过"山重水复疑无路"，又看到"柳暗花明又一村"，喜悦与忧伤并驾，失望与希望齐飞，我的经历可谓多矣。要讲后悔之事，那是俯拾即是。要选其中最深切、最真实、最难忘的悔，也就是永久的悔，那也是唾手可得，因为它片刻也没有离开过我的心。

我这永久的悔就是：不该离开故乡，离开母亲。

我出生在鲁西北一个极端贫困的村庄里。我们家是贫中之贫，真可以说是贫无立锥之地。"十年浩劫"中，我自己跳出来反对北大那一位倒行逆施但又炙手可热的"老佛爷"，被她视为眼中钉，必欲除之而后快。她手下的小喽啰们曾两次窜到我的故乡，处心积虑把我"打"成地主，他们那种狗仗人势穷凶极恶的教师爷架子，并没有能吓倒我的乡亲。我小时候的一位伙伴指着他们的鼻子，大声说："如果让整个官庄来诉苦的话，季羡林家里是第一家！"

这一句话并没有夸大，他说的是实情。我祖父母早亡，留下了我父亲等三个兄弟，孤苦伶仃，无依无靠。最小的一叔送了人。我父亲和九叔饿得没有办法，只好到别人家的枣林里去捡落到地上的干枣充饥。这当然不是长久之计。最后兄弟俩被逼背乡离井，盲流到济南去谋生。此时他俩也不过十几二十岁。在举目无亲的大城市里，必然是经过千辛万苦，九叔在济南落住了脚。于是我父亲就回到了故乡，说是农民，但又无田可耕。又必然是经过千辛万苦，九叔从济南有时寄点钱回家，父亲赖以生活。不知怎么一来，竟然寻（读若 xín）上了媳妇，她就是我的母亲。母亲的娘家姓赵，门当户对，她家穷得同我们家差不多，否则也决不会结亲。她家里饭都吃不上，哪里有钱、有闲上学。所以我母亲一个字也不识，活了一辈子，连个名字都没有。她家是在另一个庄上，离我们庄五里路。这个五里路就是我母亲毕生所走的最长的距离。

北京大学那一位"老佛爷"要"打"成"地主"的人，也就是我，就出生在这样一个家庭里，就有这样一位母亲。

后来我听说，我们家确实也"阔"过一阵。大概在清末民初，九叔在东三省用口袋里剩下的最后的五角钱，买了十分之一的湖北水灾奖券，中了奖。兄弟俩商量，要"富贵而归故乡"，回家扬一下眉，吐一下气。于是把钱运回家，九叔仍然留在城里，乡里的事由父亲一手张罗。他用荒唐离奇的价钱，买了砖瓦，盖了房子。又用荒唐离奇的价钱，置了一块带一口水井的田地。一时兴会淋漓，真正扬眉吐气了。可惜好景不长，我父亲又用荒唐离奇的方式，仿佛宋江一样，豁达大度，招待四方朋友。一转瞬间，盖成的瓦房又拆了卖砖，卖瓦。有水井的田地也改变了主人。全家又回归到原来的情况。我就是在这个时候，在这样的情况下降生到人间来的。

母亲当然亲身经历了这个巨大的变化。可惜，当我同母亲住在一起的时候，我只有几岁，告诉我，我也不懂。所以，我们家这一次陡然上升，又陡然下降，只像是昙花一现，我到现在也不完全明白。这个谜恐怕要成为永恒的谜了。

不管怎样，我们家又恢复到从前那种穷困的情况。后来听人说，我们家那时只有半亩多地。这半亩多地是怎么来的，我也不清楚。一家三口人就靠这半亩多地生活。城里的九叔当然还会给点接济，然而像中湖北水灾奖那样的事儿，一辈子有一次也不算少了，九叔没有多少钱接济他的哥哥了。

家里日子是怎样过的，我年龄太小，说不清楚。反正吃得极坏，这个我是懂得的。按照当时的标准，吃"白的"（指麦子面）

最高，其次是吃小米面或棒子面饼子，最次是吃红高粱饼子，颜色是红的，像猪肝一样。"白的"与我们家无缘。"黄的"（小米面或棒子面饼子颜色都是黄的）与我们缘分也不大。终日为伍者只有"红的"。这"红的"又苦又涩，真是难以下咽。但不吃又害饿，我真有点谈"红"色变了。

但是，小孩子也有小孩子的办法。我祖父的堂兄是一个举人，他的夫人我喊她奶奶。他们这一支是有钱有地的。虽然举人死了，但家境依然很好。我这一位大奶奶仍然健在。她的亲孙子早亡，所以把全部的钟爱都倾注到我身上来。她是整个官庄能够吃"白的"的仅有的几个人中之一。她不但自己吃，而且每天都给我留出半个或者四分之一个白面馍馍来。我每天早晨一睁眼，立即跳下炕来向村里跑，我们家住在村外。我跑到大奶奶跟前，清脆甜美地喊上一声："奶奶！"她立即笑得合不上嘴，把手缩回到肥大的袖子，从口袋里掏出一小块馍馍，递给我，这是我一天最幸福的时刻。

此外，我也偶尔能够吃一点"白的"，这是我自己用劳动换来的。一到夏天麦收季节，我们家根本没有什么麦子可收。对门住的宁家大婶子和大姑——她们家也穷得够呛——就带我到本村或外村富人的地里去"拾麦子"。所谓"拾麦子"就是别家的长工割过麦子，总还会剩下那么一点点麦穗，这些都是不值得一捡的，我们这些穷人就来"拾"。因为剩下的决不会多，我们拾上半天，也不过拾半篮子；然而对我们来说，这已经是如获至宝了。一定是大婶和大姑对我特别照顾，以一个四五岁、五六岁的孩子，拾上一个夏天，也能拾上十斤八斤麦粒。这些都是母亲亲手搓出来的。为了对我加以奖励，麦季过后，母亲便把麦子磨成面，蒸成馍馍，或贴成白面饼子，让我解解馋。我于是就大快朵颐了。

记得有一年，我拾麦子的成绩也许是有点"超常"。到了中秋节——农民嘴里叫"八月十五"——母亲不知从哪里弄了点月饼，给我掰了一块，我就蹲在一块石头旁边，大吃起来。在当时，对我来说，月饼可真是神奇的好东西，龙肝凤髓也难以比得上的，我难得吃上一次。我当时并没有注意，母亲是否也在吃。现在回想起来，她根本一口也没有吃。不但是月饼，连其他"白的"，母亲从来都没有尝过，都留给我吃了。她大概是毕生就与红色的高粱饼子为伍。到了俭年，连这个也吃不上，那就只有吃野菜了。

至于肉类，吃的回忆似乎是一片空白。我姥娘家隔壁是一家卖煮牛肉的作坊。给农民劳苦耕耘了一辈子的老黄牛，到了老年，耕不动了，几个农民便以极其低的价钱买来，用极其野蛮的办法杀死，把肉煮烂，然后卖掉。老牛肉难煮，实在没有办法，农民就在肉锅里小便一通，这样肉就好烂了。农民心肠好，有了这种情况，就昭告四邻："今天的肉你们别买！"姥娘家穷，虽然极其疼爱我这个外孙，也只能用土罐子，花几个制钱，装一罐子牛肉汤，聊胜于无。记得有一次，罐子里多了一块牛肚子。这就成了我的专利。我舍不得一气吃掉，就用生了锈的小铁刀，一块一块地割着吃，慢慢地吃。这一块牛肚真可以同月饼媲美了。

"白的"、月饼和牛肚难得，"黄的"怎样呢？"黄的"也同样难得。但是，尽管我只有几岁，我却也想出了办法。到了春、夏、秋三个季节，庄外的草和庄稼都长起来了。我就到庄外去割草，或者到人家高粱地里去劈高粱叶。劈高粱叶，田主不但不禁止，而且还欢迎；因为叶子一劈，通风情况就能改进，高粱长得就能更好，粮食打得就能更多。草和高粱叶都是喂牛用的。我们家穷，从来没有养过牛。我二大爷家是有地的，经常养着两头大牛。我这草和高粱叶就是给它们准备的。每当我这个不到三块豆腐干高的孩子背着一大捆草或高粱叶走进二大爷的大门，我心里有所恃而不恐，把草放在牛圈里，赖着不走，总能蹭上一顿"黄的"吃，不会被二大娘"捲"（我们那里的土话，意思是"骂"）出来。到了过年的时候，自己心里觉得，在过去的一年里，自己喂牛立了功，又有了勇气到二大爷家里赖着吃黄面糕。黄面糕是用黄米面加上枣蒸成的。颜色虽黄，却位列"白的"之上，因为一年只在过年时吃一次，"物以稀为贵"，于是黄面糕就贵了起来。

　　我上面讲的全是吃的东西。为什么一讲到母亲就讲起吃的东西来了呢？原因并不复杂。第一，我作为一个孩子容易关心吃的东西。第二，所有我在上面提到的好吃的东西，几乎都与母亲无缘。除了"红的"以外，其余她都不沾边儿。我在她身边只呆到六岁，以后两次奔丧回家，呆的时间也很短。现在我回忆起来，连母亲的面影都是迷离模糊的，没有一个清晰的轮廓。特别有一点，让我难解而又易解：我无论如何也回忆不起母亲的笑容来，她好像是一辈子都没有笑过。家境贫困，儿子远离，她受尽了苦难，笑容从何而来呢？有一次我回家听对面的宁大婶子告诉我说："你娘经常说：'早知道送出去回不来，我无论如何也不会放他

走的！'"简短的一句话里面含着多少辛酸、多少悲伤啊！母亲
不知有多少日日夜夜，眼望远方，盼望自己的儿子回来啊！然而
这个儿子却始终没有归去，一直到母亲离开这个世界。

　　对于这个情况，我最初懵懵懂懂，理解得并不深刻。到了上
高中的时候，自己大了几岁，逐渐理解了。但是自己寄人篱下，
经济不能独立，空有雄心壮志，怎奈无法实现，我暗暗地下定了
决心，立下誓愿：一旦大学毕业，自己找到工作，立即迎养母亲。
然而没有等到我大学毕业，母亲就离开我走了，永远永远地走了。
古人说："树欲静而风不止，子欲养而亲不待"，这话正应到我
身上，我不忍想象母亲临终时思念爱子的情况；一想到，我就会
心肝俱裂，眼泪盈眶。当我从北平赶回济南，又从济南赶回清平
奔丧的时候，看到了母亲的棺材，看到那简陋的屋子，我真想一
头撞死在棺材上，随母亲于地下。我后悔，我真后悔，我千不该
万不该离开了母亲。世界上无论什么名誉，什么地位，什么幸福，
什么尊荣，都比不上呆在母亲身边，即使她一个字也不识，即使
整天吃"红的"。

　　这就是我的"永久的悔"。

1994 年 3 月 5 日

那提心吊胆的一年

　　这已经是过去的事情了。现在旧事重提，好像是拣起一面古镜。用这一面古镜照一照今天，才更能显出今天的光彩焕发。

　　二十多年以前，我在大学里学习了四年西方语言文学以后，带着满脑袋的荷马、但丁、莎士比亚和歌德，回到故乡母校高级中学去当国文教员。

　　当我走进学校大门的时候，我的心情是复杂的。可以说是一则以喜，一则以惧。喜的是我终于抓到了一个饭碗，这简直是绝处逢生；惧的是我比较熟悉的那一套东西现在用不上了，现在要往脑袋里面装屈原、李白和杜甫。

　　从一开始接洽这个工作，我脑子里就有一个问号：在那找饭碗如登天的时代里，为什么竟有一个饭碗自动地送上门来？我预感到这里面隐藏着什么危险的东西。但是，没有饭碗，就吃不成饭。我抱着铤而走险的心情想试一试再说。到了学校，才逐渐从别人的谈话中了解到，原来是校长想把本校的毕业生组织起来，好在对敌斗争中为他助一臂之力。我是第一届甲班的毕业生，又捞到了一张一个著名的大学的毕业证书；因此就被他看中，邀我来教书。英文教员满了额，就只好让我教国文。

就教国文吧。我反正是瘸子掉在井里，捞起来也是坐。只要有人敢请我，我就敢教。

但是，问题却没有这样简单。我要教三个年级的三个班，备课要顾三头，而且都是古典文学作品。我小时候虽然念过一些《诗经》《楚辞》，但是时间隔了这样久，早已忘得差不多了。现在要教人，自己就要先弄懂。可是，真正弄懂又不是一件轻而易举的事情。现在教国文的同事都是我从前的教员。我本来应该而且可以向他们请教的。但是，根据我的观察，现在我们之间的关系变了：不再是师生，而是饭碗的争夺者。在他们眼中，我几乎是一个眼中钉。即使我问他们，他们也不会告诉我的。我只好一个人单干。我日夜抱着一部《辞源》，加紧备课。有的典故查不到，就成天半夜地绕室彷徨。窗外校园极美，正盛开着木槿花。在暗夜中，阵阵幽香破窗而入。整个宇宙都静了下来，只有我一人还不能宁静。我又仿佛为人所遗弃，很想到什么地方去哭上一场。

我的老师们也并不是全不关心他们的老学生。我第一次上课以前，他们告诉我，先要把学生的名字都看上一遍，学生名字里常常出现一些十分生僻的字，有的话就查一查《康熙字典》。如果第一堂就念不出学生的名字，在学生心目中这个教员就毫无威信，不容易当下去，影响到饭碗。如果临时发现了不认识的字，就不要点这个名。点完后只需问上一声："还有没点到名的吗？"那一个学生一定会举手站起来。然后再问一声："你叫什么名字呀？"他自己一报名，你也就认识了那一个字。如此等等，威信就可以保得十足。

这虽是小小的一招，我却是由衷感激。我教的三个班果然有几个学生的名字连《辞源》上都查不到。如果没有这一招，我的威信恐怕一开始就破了产，连一年教员也当不成了。

可是课堂上也并不总是平静无事。我的学生有的比我还大，从小就在家里念私塾，旧书念得很不少。有一个学生曾对我说："老师，我比你大五岁哩。"说罢嘿嘿一笑，我觉得里面有威胁，有嘲笑。比我大五岁，又有什么办法呢？我这老师反正还要当下去。

当时好像有一种风气：教员一定要无所不知。学生以此要求教员，教员也以此自居。在课堂上，教员决不能承认自己讲错了，决不能有什么问题答不出。否则就将为学生所讥笑。但是像我当时那样刚从外语系毕业的大娃娃教国文怎能完全讲对呢？怎能完全回答同学们提出来的问题呢？有时候，只好王顾左右而言他；被逼得紧了，就硬着头皮，乱说一通。学生究竟相信不相信，我不清楚。反正他们也不是傻子，老师究竟多轻多重，他们心中有数。我自己十分痛苦。下班回到寝室，思前想后，坐立不安。孤苦寂寥之感又突然袭来，我又仿佛为人们所遗弃，想到什么地方去哭上一场。

别的教员怎样呢？他们也许都有自己的烦恼，家家有一本难念的经。但是有几个人却是整天价满面春风，十分愉快。我有时候也从别人嘴里听到一些风言风语，说某某人陪校长太太打麻将了，某某人给校长送礼了，某某人请校长夫妇吃饭了。

我立刻想到自己的饭碗，也想学习他们一下。但是，却来了问题：买礼物，准备酒席，都不是极困难的事情。可是，怎样送给人家呢？怎样请人家呢？如果只说："这是礼物，我要送给你。"或者："我要请你吃饭。"虽然也难免心跳脸红，但我自问还干得了。可是，这显然是不行的，事情并没有这样简单，一定还要耍一些花样。这就是我力所不能及的事情了。我在自己屋里，再三考虑，甚至自我表演，暗诵台词。最后，我只有承认，我在这方面缺少天才，只好作罢。我仿佛看到自己手里的饭碗已经有点飘动。我真想到什么地方去哭上一场。

就这样，半年过去了。到了放寒假的时候，一位河南籍的物理教员，因为靠山教育厅的一位科长垮了台，就要被解聘。校长已经托人暗示给他，他虽然没有出路，也只有忍痛辞职。我们校长听了，故意装得大为震惊，三番两次到这位教员屋里去挽留，甚至声泪俱下，最后还表示要与他共进退。我最初只是一位旁观者，站在旁边看校长的表演艺术，欣赏他的表演天才。但是，看来看去，我自己竟糊涂起来，我给校长的真挚态度所感动了。我也自动地变成演员，帮着校长挽留他。那位教员阅历究竟比我深，他不为所动，还是卷了铺盖。因为他知道，连他的继任人选都已经安排好了。

我又长了一番见识，暗暗地责备自己糊涂。同时，我也不寒而栗，将来会不会有一天校长也要同我"共进退"呢？

也就在这时候，校长大概逐渐发现，在我这个人身上，他失了眼力，看错了人。我到了学校以后，虽然也在别人的帮助（毋宁说是牵引）下，把高中毕业同学组织起来，并且被选为什么主席。但是，从那以后，就一点活动也没有。我确实不知道，应该活动一些什么。虽然我绞尽脑汁，办法就是想不出。这样当然就与校长原意相违了。他表面上待我还是客客气气。只是有一次在有意和无意之间他对我说道："你很安静。"什么叫作"安静"呢？别人恐怕很难体会这两个字的意思，我却是能体会的。我回到寝室，又绕室彷徨。"安静"两个字给我以大威胁。我的饭碗好像就与这两个字有关。我又仿佛为人所遗弃，想到什么地方去哭上一场。

春天早过，夏天又来，这正是中学教员最紧张的时候。在教员休息室里，经常听到一些窃窃私语："拿到了没有？"不用说拿到什么，大家都了解，这指的是下学期的聘书。有的神色自若，微笑不答。这都是有办法的人，与校长关系密切，或者属于校长的基本队伍。只要校长在，他们决不会丢掉饭碗。有的就神色仓皇，举止失措。这样的人没有靠山，饭碗掌握在别人手里，命定是一年一度紧张。我把自己归入这一类。我的神色如何，自己看不见，但是心情自己是知道的。校长给我下的断语："安静"，我觉得，就已经决定了我的命运。但我还侥幸有万一的幻想，因此在仓皇中还有一点镇静。

但是，这镇静是不可靠的。我心里的滋味实际上同一年前大学将要毕业时差不多。我见了人，不禁也窃窃私语："拿到了没有？"我不喜欢那些神态自若的人。我只愿意接近那些神色仓皇的人。只有对这一些人我才有同病相怜之感。

这时候，校园更加美丽了。木槿花虽还开放，但已经长满了绿油油的大叶子。玫瑰花开得一丛一丛的，池塘里的水浮莲已经开出黄色的花朵。"小园香径独徘徊"，是颇有诗意的。可惜我什么诗意都没有。我耳边只有一个声音："拿到了没有？"我觉得，大地茫茫，就是没有我的容身之处。我又想到什么地方去哭上一场。

这事情已经过去了二十多年。但是，每一回忆起那提心吊胆的情况，就历历如在眼前，我真是永世难忘。现在把它写了出来，算是送给今年毕业同学的一件礼物，送给他们一面镜子。在这里面，可以照见过去与现在，可以照出自己应该走的道路。

1963 年 7 月 21 日

哭冯至先生

对我来说，真像是晴空一声霹雳：冯至先生走了，永远永远地走了。

要说我一点都没有想到，也不是的。他毕竟已是达到了米寿高龄的人了。但是，仅仅在一个多月以前，我去看过他。我看他身体和精神都很好，心中暗暗欣慰。他告诉我说，他不大喜欢有一些人去拜访他，但我是例外。他再三想把我留住。情真意切，见于辞色。可是我还有别的事，下了狠心辞别。我同他约好，待到春暖花开之时，接他到燕园里住上几天，会一会老朋友，在园子里漫游一番，赏一赏他似曾相识的花草树木。我哪里会想到，这是我们长达半个多世纪的友谊的最后一次谈话。如果我当时意识到的话，就是天大的事，我也会推掉的，陪他谈上几个小时，可是我离开了他。如今一切都成为过去。晚了，晚了，悔之晚矣！我将抱恨终天了！

　　我认识冯至先生的过程，现在回想起来，仿佛已经成了历史。他长我六岁，我们不可能是同学，因此在国内没有见过面。当我到德国去的时候，他已经离开那里，因此在国外也没有能见面。但是，我在大学念书的时候，就读过他的抒情诗，对那一些形神俱臻绝妙的诗句，我无限向往，无比喜爱。鲁迅先生赞誉他为中国最优秀的抒情诗人，我始终认为这是至理名言。因此，对抒情诗人的冯至先生，我真是心仪已久了。

　　但是，一直到1946年，我们才见了面。这时，我从德国回来，在北京大学东语系任教，冯先生在西语系，两系的办公室紧挨着，见面的机会就多了。

　　在这期间，给我留下印象最深的，不是北大的北楼，而是中德学会所在地，一所三进或四进的大四合院。这里房屋建筑，古色古香。虽无曲径通幽之趣，但回廊重门也自有奇趣。院子很深，"庭院深深深几许"，把市声都阻挡在大门外面，院子里静如古寺，一走进来，就让人觉得幽寂怡性。冯至先生同我，还有一些别的人，在这里开过许多次会。我在这里遇到了许多人，比如毕华德、张星烺、袁同礼、向达等等，现在都已作古。但是，对这一段时间的回忆，却永远不会消逝。

　　很快就到了1948年冬天，解放军把北京团团围住。北大一些教授，其中也有冯先生，在沙滩子民堂里庆祝校庆，城外炮声隆隆，大家不无幽默地说，这是助庆的鞭炮。可见大家并没有身处危城中的恐慌感，反而有所期望，有所寄托。校长胡适乘飞机仓皇逃走，只有几个教授与他同命运，共进退。其余的都留下了，等待解放军进城。冯先生就是其中之一。

过去，我常常想，也常常说，对中国旧社会的知识分子来说，解放是一场严峻的考验，是大节亏与不亏的考验。在这一点上说，冯至先生是大节不亏的。但是，我想做一点补充或者修正。由于政治信念不同，当时离开大陆的也不见得都是大节有亏的。在这里，标准只有一个，就是看他爱不爱国。只要爱我们伟大的祖国，呆在哪里，都无亏大节。爱国无分先后，革命不计迟早。这是我现在的想法。

总之，在这考验的关头，冯至先生留下来了，我也留下来了，许许多多的教授都留下来了。我们共同度过一段欢喜、激动、兴奋、甜美的日子。

跟着来的是长达四十年的漫长的开会时期。记得50年代在一次会上，周扬同志笑着对我们说："国民党的税多，共产党的会多。"冯至先生也套李后主的词说："春花秋月何时了？开会知多少！"他们二位并没有什么恶意，但是从他们的苦笑中也可以体会出一点苦味，难道不是这样吗？

幸乎？不幸乎？他们两位的话并没有错，在我同冯至先生长达四十多年的友谊中，我对他的回忆，几乎都同开会联在一起。

常言道："时势造英雄。"解放这一个时势，不久就把冯至先生和我都造成了"英雄"。不知怎样一来，我们俩都成了"社会活动家"，甚至"国际活动家"，都成了奔走于国内外的开会的"英雄"。我是一个性格内向的人，最怕同别人打交道。我看，冯先生同我也是"伯仲之间见伊吕"，他根本不是一个交际家。

如果他真正乐此不疲的话，他就不会套用李后主的词来说"怪话"。这一点是用不着怀疑的。

开会之所以多，就是因为解放后集会结社，名目繁多。什么这学会，那协会；这理事会，那委员会；这人民代表大会，那政治协商会议，种种称号，不一而足。冯先生和我既然都是"社会活动家"，那就必须"活动"。又因为我们两个的行当有点接近，在社会上所处的地位，又有点相似，因此就经常"活动"到一起来了。我有时候胡思乱想：冯先生和我如果不是"社会活动家"的话，我们见面的机会就会减少百分之八九十，我们的友谊就会向另外一个方向发展了。仅仅为了这一点，我也要感谢"会多"。

我们俩共同参加的会，无法一一列举，仅举其荦荦大者，就有《世界文学》编委会，中国作家协会，全国人民代表大会，国务院学位委员会，《中国大百科全书·外国文学卷》编委会，中国外国文学研究会，中国社会科学院文学研究所学术委员会，外国文学研究所学术委员会，等等，等等。我们的友谊就贯串在这些五花八门的会中，我的回忆也贯串在这些五花八门的会中。

我不能忘记那奇妙的莫干山。有一年，《中国大百科全书·外国文学卷》编委会在这里召开。冯先生是这一卷的主编，我是副主编，我们俩都参加了。莫干山以竹名，声震神州。我这个向来不作诗的"非诗人"，忽然得到了灵感，居然写了四句所谓"诗"："莫干竹世界，遍山绿琅玕。仰观添个个，俯视惟团团。"可见竹子给我的印象之深。在紧张地审稿之余，我同冯先生有时候也到山上去走走。白天踏着浓密的竹影，月夜走到仿佛能摸出绿色的幽篁里；有时候在细雨中，有时候在夕阳下。我们随意谈着话，有的与审稿有关，有的是上天下地，无所不谈。

这一段回忆是美妙绝伦的，终生难忘。

我不能忘记那令人发思古之幽情的西安丈八沟国宾馆。西安是中国古代几个朝代的都会，到了唐代，西安简直成了全世界的文化、政治和经济的中心，大量的外国人住在那里。唐代诗歌又是中国文学史上的一个黄金时期的产品。今天到了西安，只要稍一留意，就会到处都是唐诗的遗迹。谁到了灞桥，到了渭水，到了那一些什么"原"，不会立刻就联想到唐代许多脍炙人口的诗句呢？西安简直是一座诗歌的城市，一座历史传说的城市，一座立即让人发思古之幽情的城市。丈八沟这地方，杜甫诗中曾提到过。冯至先生个人是诗人，又是研究杜甫诗歌的专家。他到了西安，特别是到了丈八沟，大概体会和感受应该比别人更多吧。我们这一次是来参加中国外国文学研究会的年会的。工作也是颇为紧张的。但是，同在莫干山一样，在紧张之余，我们也间或在这秀丽幽静的宾馆里散一散步。这里也有茂林修竹，荷塘小溪。林中，池畔，修竹下，繁花旁，留下了我们的足踪。

这一段回忆是美妙绝伦的，终生难忘。

够了，够了。往事如云如烟。像这样不能忘记的回忆，真是太多太多了。像这些不能忘记的地方和事情，也真是太多太多了，多到我的脑袋好像就要爆裂的程度。现在，对我来说，每一个这样的回忆，每一件这样的事情，都仿佛成了一首耐人寻味的抒情诗。

所有这一些抒情诗都是围绕着一个人而展现的，这个人就是冯至先生。

在长达半个多世纪的友谊中，我们虽为朋友，我心中始终把他当老师来看待。借用先师陈寅恪先生的一句诗，就是"风义平生师友间"。经过这样长时间的亲身感受，我发现冯先生是一个非常可爱，非常可亲近的人。他淳朴，诚恳，不会说谎，不会虚伪，不会吹牛，不会拍马，待人以诚，同他相处，使人如坐春风中。我从来没有见他发过脾气。前几天，我到医院去看他的时候，他女儿姚平告诉我说，有时候她爸爸在胸中郁积了一腔悲愤，一腔不悦。女儿说："你发一发脾气嘛！一发不就舒服了吗？"他苦笑着说："你叫我怎样学会发脾气呢？"

冯至先生就是这样一个平凡而又奇特，这样一个貌似平凡实为不平凡的人。

古人说："人生得一知己，足矣。"我生性内向，懒于应对进退，怯于待人接物。但是，在八十多年的生命中，也有几个知己。我个人认为，冯至先生就是其中之一。在漫长的开会历程中，有多次我们住在一间屋中。我们几乎是无话不谈，对时事，对人物，对社会风习，对艺坛奇闻，我们的意见完全一致，几乎没有丝毫分歧。我们谈话，从来用不着设防。我们直抒胸臆，尽兴而谈。自以为人生幸福，莫大于此。我们的友谊之所以历久不衰，而且与时俱增，原因当然就在这里。

两年前，我的朋友和学生一定要为我庆祝八十诞辰。我提出来了一个条件：凡是年长于我的师友，一律不通知，不邀请。冯先生当然是在这范围以内的。然而，到了开会的那一天，大会就要开始时，冯先生却以耄耋之年，跋涉长途，从东郊来到西郊，来向我表示祝贺。我坐在主席台上，瞥见他由人搀扶着走进会场，我一时目瞪口呆，万感交集，我连忙跳下台阶，双手扶他上来。他讲了许多鼓励的话，优美得像一首抒情诗。全场四五百人掌声雷动，可见他的话拨动了听众的心弦。此情此景，我终生难忘。那一次会上，还来了许多年长于我或少幼于我的老朋友，比如吴组缃（他是坐着轮椅赶来的）、许国璋等等，情谊深重，连同所有的到会的友人，包括我家乡聊城和临清的旧雨新交，我都终生难忘。我是一个拙于表达但在内心深处极重感情的人。我所有的朋友对我这样情深意厚的表示，在我这貌似花样繁多而实单调、貌似顺畅而实坎坷的生命上，涂上了一层富有生机、富于情谊的色彩，我哪里能够忘记呢？

近几年来，我运交华盖，连遭家属和好友的丧事。人到老年，旧戚老友，宛如三秋树叶，删繁就简，是自然的事。但是，就我个人来说，几年之内，连遭大故，造物主——如果真有的话——不也太残酷了吗？我哭过我们全家敬爱的老祖，我哭过我的亲生骨肉婉如，我哭过从清华大学就开始成为朋友的乔木。我哪里会想到，现在又轮到我来哭冯至先生！"白发人哭黑发人"固然是人生之至痛。但"白发人哭白发人"，不也是同样地惨痛吗？我觉得，人们的眼泪不可能像江上之清风与山间之明月，取之不尽用之不竭。几年下来，我的泪库已经干涸了，再没有眼泪供我提取了。

然而，事实上却不是这样，完全不是这样。前几天，在医院里，我见了冯先生最后一面。他虽然还活着，然而已经不能睁眼，不能说话。我顿感，毕生知己又弱一个。我坐在会客室里，泪如泉涌，我准备放声一哭。他的女儿姚平连声说："季伯伯！你不要难过！"我调动起来了自己所有剩余的理智力量，硬是把痛哭压了下去。脸上还装出笑容，甚至在泪光中做出笑脸。只有我一个人知道：我的泪都流到肚子里去了。为了冯至先生，我愿意把自己泪库中的泪一次提光，使它成为我一生中最后的一次痛哭。

呜呼！今生已矣。如果真有一个来生，那会有多么好。

1993 年 2 月 24 日

去故国

——欧游散记之一

　　不知从什么时候起，就有一个到外国去，尤其是到德国去的希望埋在我的心里了。同朋友谈话的时候也时时流露出来。在外表看来似乎是很具体、很坚决。其实却渺茫得很。我没有伟大的动机。冠冕堂皇的理由自然也不能没有。但仔细追究起来，却只有一个极单纯的要求：我总觉得，在无量的——无论在空间上或时间上——宇宙进程中，我们有这次生命，不是容易事；比电火还要快，一闪便会消逝到永恒的沉默里去。我们不要放过这短短的时间，我们要多看一些东西。就因了这点小小的愿望，我想到外国去。

　　但是，究竟怎样去呢？似乎从来不大想到。自己学的是文科，早就被一般人公认为无补于国计民生的落伍学科，想得到官费自然不可能。至于自费呢，家里虽然不能说是贫无立锥之地，但若把所有的财产减去欠别人的一部分，剩下的也就只够一趟的路费。想自己出钱到外国去自然又是一个过大的妄想了。这些都是实际上不能解决的问题，但却从来没有给我苦恼，因为我根本不去想。我固执地相信，我终会有到外国去的一天。我把自己沉在美丽的涂有彩色的梦里。这梦有多么样的渺茫，恐怕只有我一个人知道了。

一直到去年夏天，当我的大学学程告一段落的时候，我才第一次想到究竟怎样到外国去。恐怕从我这个不切实际的只会做梦的脑筋里再也不会想出切合实际的办法：我想用自己的劳力去换得金钱，再把金钱储存起来到外国去。我没有详细计算每月存钱若干，若干年后才能如愿，便贸贸然回到故乡的一个城里去教书。第一个月过去了，钱没能剩下一个。第二个月又过去了，除了剩下许多账等第三个月来还之外，还剩下一颗疲劳的心。我立刻清醒了，头上仿佛浇上了一瓢冷水：照这样下去，等到头发全白了的时候，岂不也还是不能在柏林市上逍遥一下吗？然而书却终于继续教下去，只有把疲劳的心更增加了疲劳。

就在这时候，却有一个从天而降的机会落在我的头上。我只要出很少的一点钱就可以到德国去住上二年。亲眼看着自己用手去捉住一个梦，这种狂欢的心情是不能用任何语言文字描写得出的。我匆匆地从家里来到故都，又匆匆地回去。从虚无缥缈的幻想里一步跨到事实里，使我有点糊涂。我有时就会问起自己来：我居然也能到德国去了吗？然而，跟着来的却是在精神上极端痛苦的一段。平常我对事情，总有过多的顾虑，这我知道，比谁都清楚。但这次却不能不顾虑；我顾虑到到德国以后的生活，我顾虑到自己的家境。许多琐碎到不能再琐碎的小事纠缠着我，给我以大痛苦。随处都可以遇到的不如意与不满足像淡烟似的散布在我的眼前。同时还有许多实际问题要我解决：我还要筹钱。平常从自己手里水似的流去的钱，我现在才知道它的可贵。从这里面也可以看出真正的人情和世态。经了许多次的碰壁，终于还是大千和洁民替我解了这个围。同时又接到故都里梅生的信，他也要替我张罗。在这个期间，我有几次都想放弃这个机会，因为这个机会带给我的快乐远不如带给我的痛苦多，但长之却从辽远的故都写信来劝我，带给我勇气和力量。我现在才知道友情的可贵；没有他们几位，说不定我现在又带了一颗疲劳的心开始吃粉笔末的生活了。这友情像一滴仙露，滴到我的焦灼的心上，使我又在心里开放了希望的花，使我又重新收拾起破碎的幻想，回到故都来。

　　在生命之路上，我现在总算走上一段新程了。几天来，从早晨到晚上，我时常一个人坐在一间低矮然而却明朗的屋里，注视着支离的树影在窗纱上慢慢地移动着，听树丛里曳长了的含有无量倦意的蝉声。我心里有时澄澈沉静得像古潭，有时却又搅乱得像暴风雨下的海面。我默默地筹划着应当做的事情。时时有幻影，柏林的幻影，浮动在我眼前：我仿佛看到宏伟古老的大教堂，圆圆的顶子在夕阳中闪着微光；宽广的街道，有车马在上面走着。我又仿佛看到大学堂的教室，头发皤白的老教授颤声讲着书。我仿佛连他的声音都能听得到；他那从眼镜边上射出来的眼光正落在我的头上。但当我发现自己仍然在这一间低矮而明朗的屋子里的时候，我的心飞到不知什么地方去了。

我虽然在过去走过许多路，但从降生一直到现在，自己脚迹叠成的一条路，回望过去，是连绵不断的一线，除了在每一年的末尾，在心里印上一个浅痕，知道又走过一段路以外，自己很少画过明显的鸿沟，说以前走的是一段，以后是另一段的开端。然而现在，自己却真的在心里画了一个鸿沟，把以前二十四年走的路就截在鸿沟的那一岸；在这一岸又开始了一条新路，这条会把我带到渺茫的未来去。这样我便不能不回头去看一看，正如当一个人走路走到一个阶级的时候往往回头看一样。于是我想到几个月来不曾想到的几个人。我先想到母亲。母亲死去到现在整二年了。前年这时候，我回故乡去埋葬母亲。现在恐怕坟头秋草已萋萋了。我本来预备每年秋天，当树丛乍显出点微黄的时候，回到故乡母亲的坟上去看看。无论是在白雾笼罩墓头的清晨，归鸦驮了暮色进入簌簌响着的白杨树林的黄昏，我都到母亲墓绕两周，低低地唤一声："母亲！"来补偿生前八年的长时间没见面的遗恨。然而去年的秋天，我刚从大学走入了社会，心情方面感到很大的压迫，更没有余闲回到故乡去。今年的秋天，又有这样一个机会落到我的头上。我不但不能回到故乡去，而且带了一颗饱受压迫的心，不能得到家庭的谅解，跑到几万里外的异邦去漂泊，一年，二年，谁又知道几年才能再回到这故国来呢？让母亲一个人凄清地躺在故乡的地下，忍受着寂寞的袭击，上面是萋萋的秋草。在白杨簌簌中，淡月朦胧里，我知道母亲会藉了星星的微光到各处去找她的儿子，藉了西风听取她儿子的消息。然而所找到的只是更深的凄清与寂寞，西风也只带给她迷离的梦。

　　我又想到母亲生前最关心的外祖母。当我七八岁还没有离开故乡的时候，整天住在她家里，她的慈祥的面貌永远印在我的记忆里。今年夏天见她的时候，她已龙钟得不像样子了，又正同别人闹着田地的纠纷，现在背恐怕更驼了吧？临分别的时候，她再三叮嘱我要常写信给她。然而现在当我要到这样远的地方去的时候，我却不能写信给她，我不忍使她流着老泪看自己晚年唯一的安慰者离开自己跑了。我只希望她能好好地活下去，当我漂泊归来的时候，跑到她怀里，把受到的委屈，都哭了出来。我为她祝福。

　　我终于要走了，沿了我自己在心里画下的一条鸿沟的这一岸的路走去。天知道我会走到什么地方去；这条路真太渺茫，渺茫到使我吃惊。以前我曾羡慕过漂泊的生活，也曾有过到外国去的渴望。然而当希望成为事实的现在，我又渴慕平静的生活了。我看了在豆棚瓜架下闲话的野老，看了在一天工作疲劳之余在门前悠然吸烟的农人，都引起我极大的向往。我真不愿意离开这故国，这故国每一方土地，每一棵草木，都能给我温热的感觉。但我终于要走的，沿了自己在心里画下的一条路走。我只希望，当我从异邦转回来的时候，我能看到一个一切都不变的故国，一切都不变的故乡，使我感觉不到我曾这样长的时间离开过它，正如从一个短短的午梦转来一样。

1935 年 8 月 13 日

表的喜剧

——欧游散记之一

自己是乡下人，没有见过多大的世面，乡下人的固执与畏怯还保留了一部分。初到柏林的时候，刚走出了车站，头里面便有点朦胧。脚下踏着的虽然是光滑的柏油路，但我却仿佛踏上了棉花。眼前飞动着汽车电车的影子，天空里交织着电线，大街小街错综交叉着：这一切织成了一幅有魔力的网，我便深深地陷在这网里。我惘然地跟着别人走，我简直像在一片茫无涯际的大海里摸索了。

在这样一片茫无涯际的大海里，我第一次感觉到表的需要，因为它能告诉我，什么时候应当去吃饭，什么时候应当去访人。说到表，我是一个十足的门外汉。在国内的时候，朋友中最少也是第三个表，或是第四个表的主人。然而对我，表却仍然是一个神秘的东西。虽然有时在等汽车的时候，因为等得不耐烦了，便沿着街向街旁的店铺里张望，希望能发现一只挂在墙上的钟，看看时间究竟到了没有。但张望的结果，却往往是，走了极远的路而碰不到一只钟。即便侥幸能碰到几只，然而每只所指的时间，最少也要相差半点钟。而且因为张望的态度太有点近于滑稽，往往引起铺子里伙计的注意，用怀疑的眼光看我几眼。当我从这怀疑的眼光的扫射下怀了一肚皮的疑虑逃回汽车站的时候，汽车已经开走了。一直到去年秋天，自己要按钟点挣面包的时候，才买了一只表。然而只走了三天，就停下来。到表铺一问，说是发条松，修理好了不久又停下来。又去问，说是针有毛病。修理到五六次的时候，计算起来，修理费已经超过了原价，但它却仍然僵卧在桌子上。我便下决心，花了相当大的一个数目另买了一只。果然能使我满意了。这表就每天随着我，一直随我坐上西伯利亚的火车。然而在斯托扑塞（通称为斯托尔普）换车的时候，因为急着搬行李，竟把玻璃罩碰碎了。在当时惶遽仓促的心情下，并不觉得是一个多大的损失，就把它放在一个茶叶瓶里，又坐了火车。当我到了这茫无涯际的海似的柏林的时候，我才又觉到它的需要了。

于是在到了的第三天，就由一位在柏林住过二年的朋友陪我出去修理。仍然有一幅充满了魔力的网笼罩着我的全身。我迷惘地随了他走。终于在康德街找到了一家表铺。说明了要换一个玻璃罩，表匠给了我一张纸条。我只看到上面有黑黑的几行字的影子，并没看清是什么字。因为我相信，上面最少也会有这表铺的名字和地址；只要有名字和地址，表就可以拿回去的。他答应我们第二天去拿。我们就跨出了铺门。

　　第二天的下午，我不愿意再让别人陪我走无意义的路，我便自己出发去取表。但是一想到究竟要到什么地方去取呢，立刻有一团迷离错杂的交织着电线的长长的街的影子浮动在我的眼前。我拿出那张纸条来看，我才发现，上面只印着收到一只修理的表，铺子名字却没有，当然更没有地址。我迷惑了。但我却不能不找看。我本能地沿着康德街的左面走去，因为我虽然忘记了地址，但我却模模糊糊地记得是在街的左面。我走上去，我把我的注意力集中到每个铺子的招牌上，每个铺子的窗子里。我看过各种各样的招牌和窗子。我时时刻刻预备着接受这样一个奇迹，蓦地会有一个表字或一只表呈现到我的眼前。然而得到的却是失望，我仍然走上去，康德街为什么竟这样长呢？我一直走到街的尽端，只好折回来再看一遍。终于在一大堆招牌里我发现了一个表铺的招牌。因为铺面太小了，刚才竟漏了过去。我仿佛到了圣地似的快活，一步跨进去。但立刻觉得有点不对，昨天我们跨进那个表铺的时候，那位修理表的老头正伏在窗子前面工作。我们一进去，他仿佛吃惊似的把一把刀子掉在地上。他伏下身去拾刀子的时候，我发现他背后有一架放满了表的小玻璃橱。但今天那架橱子移到哪儿去了呢？还没等我把这疑虑扩散开来，主人出来了，也是一位老头。我只好把纸条交给他，他立刻就去找表。看了他的神气，想到刚才自己的怀疑，我笑了。但找了半天，表终于没找到。他用手搔着发亮的头皮，显出很焦急的样子。他告诉我，他的太太或者知道表放在什么地方。但她现在却不在家。让我第二天再去。

他仿佛很抱歉的样子，拿过一支铅笔来，把他的地址写在那张纸条的后面。我只好跨出来，心里充满了疑惑和不安定，当我踏着暮色走回去的时候，对着这海似的柏林，我叹了一口气。

过了一个杂念缭绕的夜，我又在约定的时间走了去。因为昨天究竟有过那样的怀疑，所以走在路上的时候，我仍然注意每一个铺子的招牌和窗子里陈列的东西，希望能再发现一个表铺。不久，我的希望就实现了，是一个更要小的表铺。主人有点驼背。我把纸条递给他；问他，是不是他的。他说不是。我只好走出来，终于又走到昨天去过的那铺子。这次老头不在家，出来的是他的太太。我递给她纸条。她看到上面的字是她丈夫写的，立刻就去找表。她比老头还要焦急。她拉开每一个抽屉，每一个橱子；她把每一个纸包全打开了；她又开亮了电灯，把暗黑的角隅都照了一遍。然而表终于没找到。这时我的怀疑一点都没有了，我的心有点跳，我仿佛觉得我的表的的确确是送到这儿来的。我注视着老太婆，然而不说话。看了我的神情，老太婆似乎更焦急了。她的白发在电灯下闪着光，有点颤动。然而表却只是找不到，她又会有什么办法呢？最后她只好对我说，她丈夫回来的时候问问看；她让我过午再去。我怀了更大的疑惑和不安定走了出来。

当天的过午，看看要近黄昏的时候，我又一个人走了去，一开门，里面黑沉沉的；我觉得四周立刻古庙似的静了起来；我能听到自己的心跳动的声音。等了好一会儿，才见两个影子从里面移动出来。开了灯，看到是我，老头有点显得惊惶，老太婆也显然露出不安定的神气。两个人又互相商议着找起来；把每一个可能的地方全找到了，但表却终于没找到。老头更用力地用手搔着发亮的头皮，老太婆的头发在灯影里也更颤动得厉害。最后老头终于忍不住问我了，是不是我自己送来的。这问题真使我没法回答。我的确是自己送来的，但送的地方不一定是这里。我昨天的怀疑立刻又活跃起来。我看不到那个放满了表的小玻璃橱，我总觉得这地方不大像我送表去的地方。我于是对他解释说，我到柏林还不到四天，街道弄不熟悉。我问他，那纸条是不是他发给我的。他听了，立刻恍然大悟似的噢了一声，没有说什么，很匆忙地从抽屉里拿出一叠纸条，同我给他的纸条比着给我看。两者显然有极大的区别：我给他的那张是白色的，然而他拿出的那一叠却是绿色的，而且还要大一倍。他说，这才是他的收条。我现在完全明白了我走错了铺子。因为自己一时的疏忽，竟让这诚挚的老人陪我演了两天的滑稽剧，我心里实在有点不过意。我向他道歉，我把我脑筋里所有的在这情形下用得着的德文单字全搜寻出来，老人脸上浮起一片诚挚而会意的微笑，没说什么。然而老太婆却有点生气了，嘴里嘟噜着，拿了一块橡皮用力在我给她的那张纸条上擦，想把她丈夫写上的地址擦了去。我却不敢怨她，她是对的，白白替我担了两天心，现在出出气，也是极应当的事。临走的时候，老头又向我说，要我到西面不远的一家表铺去问问，并且把门牌写给我。按着号数找到了，我才知道，就是我昨天去过的主人有点驼背的那个铺子。除了感激老头的热诚以外，我还能说什么呢？

我沿着康德街走上去，心里仿佛坠上了一块石头。天空里交织着电线，眼前是一条条错综交叉的大街小街，街旁的电灯都亮起来了，一盏盏沿着街引上去，极目处是半面让电灯照得晕红了起来的天空。我不知道柏林究竟有多大，我也不知道我现在在柏林的哪一部分。柏林是大海，我正在这大海里飘浮着，找一个比我自己还要渺小的表。我终于下意识地走到我那位在柏林住过两年朋友的家里去，把两天来找表的经过说给他听。他显出很怀疑的神气，立刻领我出来，到康德街西半的一个表铺里去。离我刚才去过的那个铺子最少有二里路。拿出了收条，立刻把表领出来。一拿到表，我心里有说不出的感觉，我仿佛亲手捉到一个奇迹。我又沿了康德街走回家去。当我想到两天来演的这一幕小小的喜剧，想到那位诚挚的老头用手搔着发亮的头皮的神气的时候，对了这大海似的柏林，我自己笑起来了。

1935 年 12 月 2 日于德国哥廷根

当时只道是寻常

　　这是一句非常明白易懂的话，却道出了几乎人人都有的感觉。所谓"当时"者，指人生过去的某一个阶段。处在这个阶段中时，觉得过日子也不过如此，是很寻常的。过了十几二十年或者更长的时间，回头一看，当时实在有不寻常者在。因此有人，特别是老年人，喜欢在回忆中生活。

　　在中国，这种情况更比较突出，魏晋时代的人喜欢做羲皇上人。这是一种什么心理呢？"鸡犬之声相闻，而老死不相往来"，真就那么好吗？人类最初不会种地，只是采集植物，猎获动物，以此为生。生活是十分艰苦的。这样的生活有什么可向往的呢！

　　然而，根据我个人的经验，发思古之幽情，几乎是每个人都有的。到了今天，沧海桑田，世界有多少次巨大的变化。人们思古的情绪却依然没变。我举一个具体的例子。十几年前，我重访了我曾待过十年的德国哥廷根。我的老师瓦尔德施密特教授夫妇都还健在。但已今非昔比，房子捐给梵学研究所，汽车也已卖掉。他们只有一个独生子，二战中阵亡。此时老夫妇二人孤零零地住在一座十分豪华的养老院里。院里设备十分齐全，游泳池、网球场等等一应俱全。但是，这些设备对七八十岁、八九十岁的老人有什么用处呢？让老人们触目惊心的是，每隔一段时间就有某一个房号空了出来，主人见上帝去了。这对老人们的刺激之大是不言而喻的。我的来临大出教授的意料，他简直有点喜不自胜的意味。夫人摆出了当年我在哥廷根时常吃的点心。教授仿佛返老还童，回到了当年去了。他笑着说："让我们好好地过一过当年过的日子，说一说当年常说的话！"我含着眼泪离开了教授夫妇，嘴里说着连自己都不相信的话："过几年，我还会来看你们的。"

我的德国老师不会懂"当时只道是寻常"的隐含的意蕴，但是古今中外人士所共有的这种怀旧追忆的情绪却是有的。这种情绪通过我上面描述的情况完全流露出来了。

仔细分析起来，"当时"是很不相同的。国王有国王的"当时"，有钱人有有钱人的"当时"，平头老百姓有平头老百姓的"当时"。在李煜眼中，"当时"是"车如流水马如龙，花月正春风"游上林苑的"当时"。对此，他没有别的办法，只有哀叹"天上人间"了。

我不想对这个概念再进行过多的分析。本来是明明白白的一点真理，过多的分析反而会使它迷离模糊起来。我现在想对自己提出一个怪问题：你对我们的现在，也就是眼前这个现在，感觉到是寻常呢还是不寻常？这个"现在"，若干年后也会成为"当时"的。到了那时候，我们会不会说"当时只道是寻常"呢？现在无法预言。现在我住在医院中，享受极高的待遇。应该说，没有什么不满足的地方。但是，倘若扪心自问："你认为是寻常呢，还是不寻常？"我真有点说不出，也许只有到了若干年后，我才能说："当时只道是寻常。"

2003 年 6 月 20 日

（贰）

万物有灵，
向阳而生

光阴流转，转瞬已是春末夏初。窝里的喜鹊小宝宝看样子已经成长起来了。每当刮风下雨，我心里就揪成一团，我很怕它们的窝经受不住风吹雨打。

喜鹊窝

我是乡下人。小时候在乡下住过几年。乡下，树多，鸟多，树上的鸟窝多。秋冬之际，树上的叶子落光，抬头就能看到高树顶上的许多鸟窝，宛如一个个的黑色蘑菇。

但是，我同许多乡下人一样，对鸟并不特别感兴趣。我感兴趣的是昆虫中的知了（我们那里读如 jie liu，也就是蝉），在水族中是虾。夏天晚上，在场院里乘凉，在大柳树下，用麦秸点上一把火。赤脚爬上树去，用力一摇晃，知了便像雨点似的纷纷落下。如果嫌热，就跳到苇坑里，在苇丛中伸手一摸，就能摸到一些个儿不小的虾，带着双夹，齐白石画的就是这一种虾。

鸟却不能带给我这样的快乐，我有时甚至还感到厌烦。麻雀整天喳喳乱叫，还偷吃庄稼。乌鸦穿一身黑色的晚礼服，名声一向不好，乡下人总把它同死亡联系起来，"哇！哇！"两声，叫得人身上起鸡皮疙瘩。只有喜鹊沾了"喜"字的光，至少不引起人们的反感。那时候，乡下人饿着肚皮，又不是诗人，哪里会有什么闲情雅兴来欣赏鸟的鸣声呢？连喜鹊"喳，喳"的叫声也不例外。我虽然只有几岁，乡下人的偏见我都具备。只有一件事现在回想起来还能聊以自慰：我从来没有爬上树去掏喜鹊的窝。

后来我到了城里，变成了城里人。初到的时候，我简直像是进入迷宫。这么多人，这么多车，这么多商店，这么多大街小巷。我吃惊得目瞪口呆。有一年，母亲在乡下去世了，我回家奔丧。小时候的大娘、大婶见了我就问：

"寻（读若 xín）了媳妇没有？"

这问题好回答。我敬谨答曰：

"寻了。"

"是一个庄上的吗？"

我一时语塞，知道乡下人没有进过城，他们不知道城里不是村庄。想解释一下，又怕三言两语说不清楚，最终还是弄一个"丈二和尚，摸不着头脑"。我一时灵机一动，采用了鲁迅先生的办法，含糊答曰：

"唔！唔！"

谁也不知道"唔，唔"是甚么意思。妙就妙在谁也不知道是甚么意思。乡下的大娘、大婶不是哲学家，不懂什么逻辑思维，她们不"打破砂锅问到底"。我的口试就算及了格。

这一件小事虽小，它却充分说明了乡下人和城里人的思维和情趣是多么不同。回头再谈鸟儿。城里不是鸟的天堂。除了麻雀以外，别的鸟很少见到。常言道：物以稀为贵。于是城里的鸟就

"贵"起来了，城里一些人对鸟也就有了感情。如果碰巧能看到高树顶端上的鸟窝，那简直是一件稀罕事儿。小孩子会在树下面拍手欢跳。

中国古代的诗人，虽然有的出生在乡下，但是科举，当官一定是在城里。既然是诗人，感情定是十分细腻。这种细腻表现在方方面面，也表现在对鸟，特别是对鸟鸣的喜爱上。这样的诗句，用不着去查书，一回想就能够想到一大堆。"鸟鸣山更幽""月出惊山鸟，时鸣春涧中""两个黄鹂鸣翠柳，一行白鹭上青天""荡胸生层云，决眦入归鸟""人归山郭暗，雁下芦洲白""微雨霭芳原，春鸠鸣何处""空山百鸟散还合，万里浮云阴且晴。嘶酸刍雁失群夜，断绝胡儿恋母声""川为静其波，鸟亦罢其鸣"等等，用不着再多举了。中国古代诗人对鸟和鸟鸣感情之深概可想见了。

只有陶渊明的一句诗，我觉得有点怪。"犬吠深巷中，鸡鸣桑树巅"。鸡飞上树去高声鸣叫，我确实没有见过。"鸡鸣桑树巅"，这一句话颇为突兀。难道晋朝江西的鸡真有飞到桑树顶上去高叫的脾气吗？

不管怎样，中国古代诗人对鸟及其鸣声特别敏感，已是一个彰明昭著的事实。再看一看西方文学，不能不感到其间的差别。西方诗歌中，除了云雀和夜莺外，其他的鸟及其鸣声似乎很少受诗人的垂青。这里面是否也含有很深的审美情趣的差别呢？是否也含有东西方诗人，再扩而大之是一般人之间对大自然的关系的差别呢？姑妄言之。

我绕弯子说了半天，无非是想说中国的城里人对鸟比较有感情而已。我这个由乡下人变为城里人的人，也逐渐爱起鸟来。可惜我半辈子始终是在大城市里转，在中国是如此，在德国和瑞士仍然是如此。空有爱鸟之心，爱的对象却难找到，在心灵深处难免感到惆怅。

一直到四十多年前，我四十多岁了，才从沙滩——真像是一片沙漠——搬到风光旖旎林木蓊郁的燕园里来。这里虽处城市，却似乡村，真正是鸟的天堂。我又能看到鸟了；不是一只，而是成群；不是一种，而是多种；不但看到它们飞，而且听到它们叫；不但看到它们在草地上蹦跳，而且看到高树顶上搭窝。我真是顾而乐之，多年干涸的心灵似乎又注入了一股清泉。

在众多的鸟中，给我印象最深、我最喜爱的还是喜鹊。在我住的楼前，沿着湖畔，有一排高大的垂柳，在马路对面则是一排高耸入云的杨树。楼西和楼后，小山下面，有几棵高大的榆树，小山上有一棵至少有六七百年的古松。可以说我们的楼是处在绿色丛中。我原住在西门洞的二楼上，书房面西，正对着那几棵榆树。一到春天，喜鹊和其他鸟的叫声不停。喜鹊不知道是通过什么方式，大概是既无父母之命，也没有媒妁之言，自由恋爱，结成了情侣，情侣不停地在群树之间穿梭飞行，嘴里往往叼着小树枝，想到什么地方去搭窝。我天天早上最大的乐趣就是看喜鹊们箭似的飞翔，喳喳地欢叫，往往能看上、听上半天。

有一天，完全出我的意料，然而又合乎我的心愿，窗外大榆树上有一团黑色的东西，我豁然开朗：这是喜鹊在搭窝。我现在不用出门就能够看到喜鹊窝了，乐何如之。从此我的眼睛和耳朵完全集中到这一对喜鹊和它们的窝上，其他的鸟鸣声仿佛都不存在了。每次我看书写作疲倦了，就向窗外看一看。一看到喜鹊窝就像郑板桥看到白银那样，"心花怒放，书画皆佳"。我的灵感风起云涌，连记忆力都仿佛是变了样子，大有过目不忘之概了。

光阴流转，转瞬已是春末夏初。窝里的喜鹊小宝宝看样子已经成长起来了。每当刮风下雨，我心里就揪成一团，我很怕它们的窝经受不住风吹雨打。当我看到，不管风多么狂，雨多么骤，那一个黑蘑菇似的窝仍然固若金汤，我的心就放下了。我幻想，此时喜鹊妈妈和喜鹊爸爸正在窝里伸开了翅膀，把小宝宝遮盖得严严实实，喜鹊一家正在做着甜美的梦，梦到燕园风和日丽；梦到燕园花团锦簇；梦到小虫子和小蚱蜢自己飞到窝里来，小宝宝食用不尽；梦到湖光塔影忽然移到了大榆树下面……

这一切原本都是幻影，然而我却泪眼模糊，再也无法幻想下去了。我从小失去了慈母，失去了母爱。一个失去了母爱的人，必然是一个心灵不完整或不正常的人。在七八十年的漫长时期中，不管是什么时候，也不管我是在什么地方，只要提到了失去母爱，失去母亲，我必然立即泪水盈眶。对人是如此，对鸟兽也是如此。中国古人常说"终天之恨"，我这真正是"终天之恨"了，这个恨只能等我离开人世才能消泯，这是无可怀疑的了。中国古诗说："劝君莫打三春鸟，子在巢中待母归"，真是蔼然仁者之言，我每次暗诵，都会感到心灵震撼的。

但是，天有不测风云，鸟有旦夕祸福。正当我为这一家幸福的喜鹊感到幸福而自我陶醉的时候，祸事发生了。一天早上，我坐在书桌前，真是无巧不成书，我一抬头正看到一个小男孩赤脚爬上了那一棵榆树，伸手从喜鹊窝里把喜鹊宝宝掏了出来。掏了几只，我没有看清，不敢瞎说。总之是掏走了。只看这一个小男孩像猿猴一般，转瞬跳下树来，前后也不过几分钟，手里抓着小喜鹊，消逝得无影无踪了。我很想下楼去干预一下；但是一想到在浩劫中我头上戴的那一摞可怕的沉重的帽子，都还在似摘未摘之间，我只能规规矩矩，不敢乱说乱动。如果那一个小男孩是工人的孩子，那岂不成了"阶级报复"了吗！我吃了老虎心、豹子胆，也不敢动一动呀。我只有伏在桌上，暗自啜泣。

完了，完了，一切全完了。喜鹊的美梦消失了，我的美梦也消失了。我从此抑郁不乐，甚至不敢再抬头看窗外的大榆树。喜鹊妈妈和喜鹊爸爸的心情我不得而知。他们痛失爱子，至少也不会比我更好过。一连好几天，我听到窗外这一对喜鹊喳喳哀鸣，绕树千匝，无枝可依。我不忍再抬头看它们。不知什么时候，这一对喜鹊不见了。它们大概是怀着一颗破碎的心，飞到什么地方另起炉灶去了。过了一两年，大榆树上的那一个喜鹊窝，也由于没加维修，鹊去窝空，被风吹得无影无踪了。

我却还并没有死心，那一棵大榆树不行了，我就寄希望于其他树木。喜鹊们选择搭窝的树，不知道是根据什么标准。根据我这个人的标准，我觉得，楼前，楼后，楼左，楼右，许多高大的树都合乎搭窝的标准。我于是就盼望起来，年年盼，月月盼，盼星星，盼月亮，盼得双眼发红光。一到春天，我出门，首先抬头往树上瞧，枝头光秃秃的，什么东西也没有。我有时候真有点发急，甚至有点发狂，我想用眼睛看出一个喜鹊窝来。然而这一切都白搭，都徒然。

今年春天，也就是现在，我走出楼门，偶尔一抬头，我在上面讲的那一棵大榆树上，在光秃秃的枝干中间，又看到一团黑糊糊的东西。连年来我老眼昏花，对眼睛已经失去了自信力，我在惊喜之余，连忙擦了擦眼，又使劲瞪大了眼睛，我明白无误地看到了：是一个新搭成的喜鹊窝。我的高兴是任何语言文字都无法形容的。然而福不单至。过了不久，临湖的一棵高大的垂柳顶上，一对喜鹊又在忙忙碌碌地飞上飞下，嘴里叼着小树枝，正在搭一个窝。这一次的惊喜又远远超过了上一回。难道我今生的华盖运真已经交过了吗？

当年爬树掏喜鹊窝的那一个小男孩，现在早已长成大人了吧。他或许已经留了洋，或者下了海，或者成了"大款"。此事他也许早已忘记了。我潜心默祷，希望不要再出这样一个孩子，希望这两个喜鹊窝能够存在下去，希望在燕园里千百棵大树上都能有这样黑蘑菇似的喜鹊窝，希望在这里，在全中国，在全世界，人与鸟都能和睦融洽像一家人一样生活下去，希望人与鸟共同造成一个和谐的宇宙。

1994 年 2 月 25 日

幽径悲剧

出家门，向右转，只有二三十步，就走进一条曲径。有二三十年之久，我天天走过这一条路，到办公室去。因为天天见面，也就成了司空见惯，对它有点漠然了。

然而，这一条幽径却是大大有名的。记得在 50 年代，我在故宫的一个城楼上，参观过一个有关《红楼梦》的展览。我看到由几幅山水画组成的组画，画的就是这一条路。足征这一条路是同这一部伟大的作品有某一些联系的。至于是什么联系，我已经记忆不清。留在我记忆中的只是一点印象：这一条平平常常的路是有来头的，不能等闲视之。

这一条路在燕园中是极为幽静的地方。学生们称之为"后湖"，他们很少到这里来的。我上面说它平平常常，这话有点语病，它其实是颇为不平常的。一面傍湖，一面靠山，蜿蜒曲折，实有曲径通幽之趣。山上苍松翠柏，杂树成林。无论春夏秋冬，总有翠色在目。不知名的小花，从春天开起，过一阵换一个颜色，一直开到秋末。到了夏天，山上一团浓绿，人们仿佛是在一片绿雾中穿行。林中小鸟，枝头鸣蝉，仿佛互相应答。秋天，枫叶变红，与苍松翠柏，相映成趣，凄清中又饱含浓烈。几乎让人不辨四时了。

小径另一面是荷塘，引人注目主要是在夏天。此时绿叶接天，红荷映日。仿佛从地下深处爆发出一股无比强烈的生命力，向上，向上，向上，欲与天公试比高，真能使懦者立怯者强，给人以无穷的感染力。

不管是在山上，还是在湖中，一到冬天，当然都有白雪覆盖。在湖中，昔日的潋滟的绿波为坚冰所取代。但是在山上，虽然落叶树都把叶子落掉，可是松柏反而更加精神抖擞，绿色更加浓烈，意思是想把其他树木之所失，自己一手弥补过来，非要显示出绿色的威力不行。再加上还有翠竹助威，人们置身其间，决不会感到冬天的萧索了。

这一条神奇的幽径，情况大抵如此。

在所有的这些神奇的东西中，给我印象最深、让我最留恋难忘的是一株古藤萝。藤萝是一种受人喜爱的植物。清代笔记中有不少关于北京藤萝的记述。在古庙中，在名园中，往往都有几棵寿达数百年的藤萝，许多神话故事也往往涉及藤萝。北大现在的燕园，是清代名园，有几棵古老的藤萝，自是意中事。我们最初从城里搬来的时候，还能看到几棵据说是明代传下来的藤萝。每年春天，紫色的花朵开得满棚满架，引得游人和蜜蜂猬集其间，成为春天一景。

但是，根据我个人的评价，在众多的藤萝中，最有特色的还是幽径的这一棵。它既无棚，也无架，而是让自己的枝条攀附在邻近的几棵大树的干和枝上，盘曲而上，大有直上青云之概。因此，从下面看，除了一段苍黑古劲像苍龙般的粗干外，根本看不出是一株藤萝。每年春天，我走在树下，眼前无藤萝，心中也无藤萝。然而一股幽香蓦地闯入鼻官，嗡嗡的蜜蜂声也袭入耳内，抬头一看，在一团团的绿叶中——根本分不清哪是藤萝叶，哪是其他树的叶子——隐约看到一朵朵紫红色的花，颇有万绿丛中一点红的意味。直到此时，我才清晰地意识到这一棵古藤的存在，顾而乐之了。

经过了史无前例的"十年浩劫"，不但人遭劫，花木也不能幸免。藤萝们和其他一些古丁香树等等，被异化为"修正主义"，遭到了无情的诛伐。六院前的和红二三楼之间的那两棵著名的古藤，被坚决、彻底、干净、全部地消灭掉。是否也被踏上一千只脚，没有调查研究，不敢瞎说；永世不得翻身，则是铁一般的事实了。

茫茫燕园中，只剩下了幽径的这一棵藤萝了。它成了燕园中藤萝界的鲁殿灵光。每到春天，我在悲愤、惆怅之余，唯一的一点安慰就是幽径中这一棵古藤。每次走在它下面，嗅到淡淡的幽香，听到嗡嗡的蜂声，顿觉这个世界还是值得留恋的，人生还不全是荆棘丛。其中情味，只有我一个人知道，不足为外人道也。

然而，我快乐得太早了，人生毕竟还是一个荆棘丛，决不是到处都盛开着玫瑰花。今年春天，我走过长着这棵古藤的地方，我的眼前一闪，吓了一大跳：古藤那一段原来凌空的虬干，忽然成了吊死鬼，下面被人砍断，只留上段悬在空中，在风中摇曳。再抬头向上看，藤萝初绽出来的一些淡紫的成串的花朵，还在绿叶丛中微笑。它们还没有来得及知道，自己赖以生存的根干已经被砍断，脱离了地面，再没有水分供它们生存了。它们仿佛成了失掉了母亲的孤儿，不久就会微笑不下去，连痛哭也没有地方了。

我是一个没有出息的人。我的感情太多，总是供过于求，经常为一些小动物、小花草惹起万斛闲愁。真正的伟人们是决不会这样的。反过来说，如果他们像我这样的话，也决不能成为伟人。我还有点自知之明，我注定是一个渺小的人，也甘于如此，我甘于为一些小猫小狗小花小草流泪叹气。这一棵古藤的灭亡在我心灵中引起的痛苦，别人是无法理解的。

从此以后，我最爱的这一条幽径，我真有点怕走了。我不敢再看那一段悬在空中的古藤枯干，它真像吊死鬼一般，让我毛骨悚然。非走不行的时候，我就紧闭双眼，疾趋而过。心里数着数：一，二，三，四，一直数到十，我估摸已经走到了小桥的桥头上，吊死鬼不会看到了，我才睁开眼走向前去。此时，我简直是悲哀至极，哪里还有什么闲情逸致来欣赏幽径的情趣呢？

但是，这也不行。眼睛虽闭，但耳朵是关不住的。我隐隐约约听到古藤的哭泣声，细如蚊蝇，却依稀可辨。它在控诉无端被人杀害。它在这里已经呆了二三百年，同它所依附的大树一向和睦相处。它虽阅尽人间沧桑，却从无害人之意。每到春天，就以自己的花朵为人间增添美丽，焉知一旦毁于愚氓之手。它感到万分委屈，又投诉无门。它的灵魂死守在这里。每到月白风清之夜，它会走出来显圣的。在大白天，只能偷偷地哭泣。山头的群树，池中的荷花是对它深表同情的，然而又受到自然的约束，寸步难行，只能无言相对。在茫茫人世中，人们争名于朝，争利于市，哪里有闲心来关怀一棵古藤的生死呢？于是，它只有哭泣，哭泣，哭泣……

世界上像我这样没有出息的人，大概是不多的。古藤的哭泣声恐怕只有我一个能听到。在浩茫无际的大千世界上，在林林总总的植物中，燕园的这一棵古藤，实在渺小得不能再渺小了。你倘若问一个燕园中人，决不会有任何人注意到这一棵古藤的存在的，决不会有任何人关心它的死亡的，决不会有任何人为之伤心的。偏偏出了我这样一个人，偏偏让我住到这个地方，偏偏让我天天走这一条幽径，偏偏又发生了这样一个小小的悲剧；所有这一些偶然性都集中在一起，压到了我的身上。我自己的性格制造成的这一个十字架，只有我自己来背了。奈何，奈何！

但是，我愿意把这个十字架背下去，永远永远地背下去。

1992 年 9 月 13 日

时间

　　一抬头，就看到书桌上座钟的秒针在一跳一跳地向前走动。它那里一跳，我的心就一跳。孔子说："逝者如斯夫，不舍昼夜！"这里指的是水。水永远不停地流逝，让孔夫子吃惊兴叹。我的心跳，跳的是时间。水是能看得见，摸得着的。时间却看不见，摸不着的，它的流逝你感觉不到，然而确实是在流逝。现在我眼前摆上了座钟，它的秒针一跳一跳，让我再清楚不过地看到了时间的流逝，焉能不心跳？焉能不兴叹呢？

　　远古的人大概是很幸福的。他们日出而作，日入而息，根据太阳的出没来规定自己的活动。即使能感到时间的流逝，也只在依稀隐约之间。后来，他们聪明了，根据太阳光和阴影的推移，把时间称作光阴。再后来，人们的聪明才智更提高了，用铜壶滴漏的办法来显示和测定时间的推移，这是用人工来抓住看不见摸不着的时间的尝试。到了近几百年，人类发明了钟表，把时间的存在与流逝清清楚楚地摆在每一个人的面前。这是人类文明进步的表现。但是，正如人们常说的那样，"有一利必有一弊"，人类成了时间的奴隶，成了手表的奴隶。现在各种各样的会极多，开会必须规定时间，几点几分，不能任意伸缩。如果参加重要的会而路上偏偏赶上堵车，任你怎样焦急，怎样频频看手表，都是白搭。这不是典型的时间的奴隶又是什么呢？然而，话又说了回来，在今天头绪纷纭杂乱有章的社会里，开会不定时间，还像古人那样"日出而作，日入而息"，悠哉游哉，顺帝之则，今天的社会还能运转吗？不管你愿意不愿意，成为时间的奴隶就正是文明的表现。

不管你意识到还是没有意识到，大自然还是把虚无缥缈的时间用具体的东西暗示给了人们。比如用日出日落标志出一天，用月亮的圆缺标志出一月，用四季（在印度是六季或者两季）标志出一年。农民最关心这些问题，一年二十四个节气对他们种庄稼有重要意义。在自然科学家和哲学家眼中，时间具有另外的意义。他们说，大千世界，人类万物，都生长在时间和空间内，而时间是无头无尾的，空间是无边无际的。我既不是自然科学家，也不是哲学家，对无头无尾和无边无际实在难以理解。可是不这样又能怎样呢？如果时间有了头尾，头以前、尾以后又是什么呢？因此，难以理解也只得理解，此外更没有其他途径。

生与死也属于时间范畴。一般人总是把生与死绝对对立起来。但是，中国古代的道家却主张"万物方生方死"，把生与死辩证地联系在一起，而且准确无误地道出了生即是死的关系。随着座钟秒针的一跳，我自己就长了无法用言语表达出来的那么一点点儿。同时也就是向着死亡走近了那么一点点儿。不但我是这样，现在正是初夏，窗外的玉兰花、垂柳和深埋在清塘里的荷花，也都长了那么一点点儿。不久前还是冰封的湖水，现在是"风乍起，吹皱一池夏水"，波光潋滟，水色接天。岸上的垂杨，从光秃秃的枝条上逐渐长出了小叶片，一转瞬间，出现了一片鹅黄；再一转瞬，就是一片嫩绿，现在则是接近浓绿了。小山上原来是一片枯草，"一夜东风送春暖，满山开遍二月兰"。今年是二月兰的大年，山上地下，只要有空隙，二月兰必然出现在那里，座钟的秒针再跳上多少万次，二月兰即将枯萎，也就是走向暂时的死亡了。所有这些东西，都是方生方死。这是自然的规律，不可逆转的。

印度人是聪明的，他们把时间和死亡视为一物。梵文 hāla，既是"时间"，又是"死亡或死神"。《罗摩衍那》的主人公罗摩，在活了极长的时间以后，hāla 走上门来，这表示他就要死亡了。罗摩泰然处之，既不"饮恨"，也不"吞声"。他知道这是自然规律，人类是无能为力的。我们今天知道，不但人类是这样，世界上万事万物都有始有终，无一例外。"顺其自然"是最好的办法。我在这里顺便说一下。在梵文里，动词"死"的字根是 mn；但是此字不用 manati 来表示现在时，而是用被动式 mniyati（ti），这表示，印度人认为"死"是被动的，主动自杀者究属少数。

同印度人比较起来，中国人大概希望争取长生。越是有钱有势的人越希望活下去，在旧社会里生活在水深火热中的小百姓，决不会愿意长远活下去的。而富有天下的天子则热切希望长生。中国历史上几位有名的英主，莫不如此。秦始皇和汉武帝都寻求不死之药或者仙丹什么的。连唐太宗都是服用了印度婆罗门的"仙药"而中毒身亡的。老百姓书呆子中也有寻求肉身升天的，而且连鸡犬都带了上去。我这个木头脑袋瓜真想也想不通。如果真有那么一个"天"的话，人数也不会太多。升到那里去干些什么呢？那里不会有官僚衙门，想走后门靠贿赂来谋求升官，没有这个可能。那里也不会有什么市场，什么WTO，想发财也英雄无用武之地。想打麻将，唱卡拉OK，唱几天，打几天，还是会有兴趣的，但让你一月月一年年永远打下去，你受得了吗？养鸡喂狗，永远喂下去，你也受不了。"不为无益之事，何以遣有涯之生！"无益之事天上没有。在天上待长了，你一定会自杀的。苏东坡说"起舞弄清影，何似在人间"！是有见地之言。我们还是老老实实待在人间吧。

　　要待在人间，就必须受时间的制约。在时间面前，人人平等。如果想不通我在上面说的那一些并不深奥的道理，时间就变成了枷锁，让你处处感到不舒服。但是，如果真想通了，则戴着枷锁跳舞反而更能增加一些意想不到的兴趣。我自认是想通了。现在照样一抬头就看到书桌上座钟的秒针一跳一跳地向前走动，但是我的心却不跳了。我觉得这是时间给我提醒儿，让我知道时间的价值。"一寸光阴不可轻"，朱子这一句诗对我这个年过九十的老头儿也是适用的。

2002 年 3 月 31 日

笑着走

走者，离开这个世界之谓也。赵朴初老先生，在他生前曾对我说过一些预言式的话。比如，1986 年，朴老和我奉命陪班禅大师乘空军专机赴尼泊尔公干。专机机场在大机场的后面。当我同李玉洁女士走进专机候机大厅时，朴老对他的夫人说："这两个人是一股气。"后来又听说，朴老说：别人都是哭着走，独独季羡林是笑着走。这一句话给我留下了很深的印象。我认为，他是十分了解我的。

现在就来分析一下我对这一句话的看法。应该分两个层次来分析：逻辑分析和思想感情分析。

先谈逻辑分析。

江淹的《恨赋》最后两句是："自古皆有死，莫不饮恨而吞声。"第一句话是说，死是不可避免的。对待不可避免的事情，最聪明的办法是，以不可避视之，然后随遇而安，甚至逆来顺受，使不可避免的危害性降至最低点。如果对生死之类的不可避免性进行挑战，则必然遇大灾难。"服食求神仙，多为药所误"。秦皇、汉武、唐宗等等是典型的例子。既然非走不行，哭又有什么意义呢？反不如笑着走更使自己洒脱，满意，愉快。这个道理并不深奥，一说就明白的。我想把江淹的文章改一下：既然自古皆有死，何必饮恨而吞声呢？

总之，从逻辑上来分析，达到了上面的认识，我能笑着走，是不成问题的。

但是，人不仅有逻辑，他还有思想感情。逻辑上能想得通的，思想感情未必能接受。而且思想感情的特点是变动不居。一时冲动，往往是靠不住的。因此，想在思想感情上承认自己能笑着走，必须有长期的磨练。

在这里，我想，我必须讲几句关于赵朴老的话。不是介绍朴老这个人。"天下谁人不识君"。朴老是用不着介绍的。我想讲的是朴老的"特异功能"。很多人都知道，朴老一生吃素，不近女色，他有特异功能，是理所当然的。他是虔诚的佛教徒，一生不妄言。他说我会笑着走，我是深信不疑的。

我虽然已经九十五岁，但自觉现在讨论走的问题，为时尚早。再过十年，庶几近之。

2006 年 3 月 19 日

老猫

　　老猫虎子蜷曲在玻璃窗外窗台上一个角落里，缩着脖子，眯着眼睛，浑身一片寂寞、凄清、孤独、无助的神情。

　　外面正下着小雨，雨丝一缕一缕地向下飘落，像是珍珠帘子。时令虽已是初秋，但是隔着雨帘，还能看到紧靠窗子的小土山上丛草依然碧绿，毫无要变黄的样子。在万绿丛中赫然露出一朵鲜艳的红花。古诗"万绿丛中一点红"，大概就是这般光景吧。这一朵小花如火似燃，照亮了浑茫的雨天。

　　我从小就喜爱小动物。同小动物在一起，别有一番滋味。它们天真无邪，率性而行；有吃抢吃，有喝抢喝；不会说谎，不会推诿；受到惩罚，忍痛挨打；一转眼间，照偷不误。同它们在一起，我心里感到怡然，坦然，安然，欣然。不像同人在一起那样，应对进退、谨小慎微、斟酌词句、保持距离，感到异常地别扭。

　　十四年前，我养的第一只猫，就是这个虎子。刚到我家来的时候，比老鼠大不了多少。蜷曲在窄狭的窗内窗台上，活动的空间好像富富有余。它并没有什么特点，仅只是一只最平常的狸猫，身上有虎皮斑纹，颜色不黑不黄，并不美观。但是异于常猫的地方也有，它有两只炯炯有神的眼睛，两眼一睁，还真虎虎有虎气，因此起名叫虎子。它脾气也确实暴烈如虎。它从来不怕任何人。谁要想打它，不管是用鸡毛掸子，还是用竹竿，它从不回避，而是向前进攻，声色俱厉。得罪过它的人，它永世不忘。我的外孙打过一次，从此结仇。只要他到我家来，隔着玻璃窗子，一见人影，它就做好准备，向前进攻，爪牙并举，吼声震耳。他没有办法，在家中走动，都要手持竹竿，以防万一，否则寸步难行。有一次，一位老同志来看我，他显然是非常喜欢猫的。一见虎子，嘴里连声说着："我身上有猫味，猫不会咬我的。"他伸手想去抚摩它，可万万没有想到，我们虎子不懂什么猫味，回头就是一口。这位老同志大惊失色。总之，到了后来，虎子无人不咬，只有我们家三个主人除外，它的"咬声"颇能耸人听闻了。

但是，要说这就是虎子的全面，那也是不正确的。除了暴烈咬人以外，它还有另外一面，这就是温柔敦厚的一面。我举一个小例子。虎子来我们家以后的第三年，我又要了一只小猫。这是一只混种的波斯猫，浑身雪白，毛很长，但在额头上有一小片黑黄相间的花纹。我们家人管这只猫叫洋猫，起名咪咪；虎子则被尊为土猫。这只猫的脾气同虎子完全相反：胆小、怕人，从来没有咬过人。只有在外面跑的时候，才露出一点野性。它只要有机会溜出大门，但见它长毛尾巴一摆，像一溜烟似的立即窜入小山的树丛中，半天不回家。这两只猫并没有血缘关系。但是，不知道是由于什么原因，一进门，虎子就把咪咪看作是自己的亲生女儿。它自己本来没有什么奶，却坚决要给咪咪喂奶，把咪咪搂在怀里，让它咂自己的干奶头，它眯着眼睛，仿佛在享着天福。我在吃饭的时候，有时丢点鸡骨头、鱼刺，这等于猫们的燕窝、鱼翅。但是，虎子却只蹲在旁边，瞅着咪咪一只猫吃，从来不同它争食。有时还"咪噢"上两声，好像是在说："吃吧，孩子！安安静静地吃吧！"有时候，不管是春夏还是秋冬，虎子会从西边的小山上逮一些小动物，麻雀、蚱蜢、蝉、蛐蛐之类，用嘴叼着，蹲在家门口，嘴里发出一种怪声。这是猫语，屋里的咪咪，不管是睡还是醒，耸耳一听，立即跑到门后，馋涎欲滴，等着吃母亲带来的佳肴，大快朵颐。我们家人看到这样母子亲爱的情景，都由衷地感动，一致把虎子称作"义猫"。有一年，小咪咪生了两个小猫。大概是初做母亲，没有经验，正如我们圣人所说的那样"未有学养子而后嫁者也"，人们能很快学会，而猫们则不行。咪咪丢下小猫不管，虎子却大忙特忙起来，觉不睡，饭不吃，日日夜夜把小猫搂在怀里。但小猫是要吃奶的，而奶正是虎子所缺的。于是小猫暴躁不安，虎子眉头一皱，计上心来，叼起小猫，到处追着咪咪，要它给小猫喂奶。还真像一个姥姥样子，但是小咪咪并不领情，依旧不给小猫喂奶。有几天的时间，虎子不吃不喝，瞪着两只闪闪发光的眼睛，嘴里叼着小猫，从这屋赶到那屋；一转眼又赶了回来。小猫大概真是受不了啦，便辞别了这个世界。

　　我看了这一出猫家庭里的悲剧又是喜剧，实在是爱莫能助，惋惜了很久。

　　我同虎子和咪咪都有深厚的感情。每天晚上，它们俩抢着到我床上去睡觉。在冬天，我在棉被上面特别铺上了一块布，供它们躺卧。我有时候半夜里醒来，神志一清醒，觉得有什么东西重重地压在我身上，一股暖气仿佛透过了两层棉被，扑到我的双腿上。我知道，小猫睡得正香，即使我的双腿由于僵卧时间过久，又酸又痛，但我总是强忍着，决不动一动双腿，免得惊了小猫的轻梦。它此时也许正梦着捉住了一只耗子。只要我的腿一动，它这耗子就吃不成了，岂非大煞风景吗？

　　这样过了几年，小咪咪大概有八九岁了。虎子比它大三岁，十一二岁的光景。依然威风凛凛，脾气暴烈如故，见人就咬，大有死不改悔的神气。而小咪咪则出我意料地露出了下世的光景。常常到处小便，桌子上，椅子上，沙发上，无处不便。如果到医院里去检查的话，大夫在列举的病情中一定会有一条的：小便失禁。最让我心烦的是，它偏偏看上了我桌子上的稿纸。我正写着什么文章，然而它却根本不管这一套，跳上去，屁股往下一蹲，一泡猫尿流在上面，还闪着微弱的光。说我不急，那不是真的。我心里真急，但是，我谨遵我的一条戒律：决不打小猫一掌，在任何情况之下，也不打它。此时，我赶快把稿纸拿起来，抖掉了上面的猫尿，等它自己干。心里又好气，又好笑，真是哭笑不得。家人对我的嘲笑，我置若罔闻，"全等秋风过耳边"。

　　我不信任何宗教，也不皈依任何神灵。但是，此时我却有点想迷信一下。我期望会有奇迹出现，让咪咪的病情好转。可世界上是没有什么奇迹的，咪咪的病一天一天地严重起来。它不想回家，喜欢在房外荷塘边上石头缝里呆着，或者藏在小山的树木丛里。它再也不在夜里睡在我的被子上了。每当我半夜里醒来，觉得棉被上轻飘飘的，我惘然若有所失，甚至有点悲伤了。我每天凌晨起来，第一件事情就是拿着手电到房外塘边山上去找咪咪。它浑身雪白，是很容易找到的。在薄暗中，我眼前白白地一闪，我就知道是咪咪。见了我，"咪噢"一声，起身向我走来。我把它抱回家，给它东西吃，它似乎根本没有口味。我看了直想流泪。有一次，我拖着疲惫的身子，走几里路，到海淀的肉店里去买猪肝和牛肉。拿回来，喂给咪咪，它一闻，似乎有点想吃的样子；但肉一沾唇，它立即又把头缩回去，闭上眼睛，不闻不问了。

有一天傍晚，我看咪咪神情很不妙，我预感要发生什么事情。我唤它，它不肯进屋。我把它抱到篱笆以内，窗台下面。我端来两只碗，一只盛吃的，一只盛水。我拍了拍它的脑袋，它偎依着我，"咪噢"叫了两声，便闭上了眼睛。我放心进屋睡觉。第二天凌晨，我一睁眼，三步并作一步，手里拿着手电，到外面去看。哎呀不好！两碗全在，猫影顿杳。我心里非常难过，说不出是什么滋味。我手持手电找遍了塘边，山上，树后，草丛，深沟，石缝。有时候，眼前白光一闪。"是咪咪！"我狂喜。走近一看，是一张白纸。我嗒然若丧，心头仿佛被挖掉了点什么。"屋前屋后搜之一遍，几处茫茫皆不见。"从此我就失掉了咪咪，它从我的生命中消逝了，永远永远地消逝了。我简直像是失掉了一个好友，一个亲人。至今回想起来，我内心里还颤抖不止。

在我心情最沉重的时候，有一些通达世事的好心人告诉我，猫们有一种特殊的本领，能知道自己什么时候寿终。到了此时此刻，它们决不呆在主人家里，让主人看到死猫，感到心烦，或感到悲伤。它们总是逃了出去，到一个最僻静、最难找的角落里，地沟里，山洞里，树丛里，等候最后时刻的到来。因此，养猫的人大都在家里看不见死猫的尸体。只要自己的猫老了，病了，出去几天不回来，他们就知道，它已经离开了人世，不让举行遗体告别的仪式，永远永远不再回来了。

我听了以后，憬然若有所悟。我不是哲学家，也不是宗教家，但却读过不少哲学家和宗教家谈论生死大事的文章。这些文章多半有非常精辟的见解，闪耀着智慧的光芒，我也想努力从中学习一些有关生死的真理。结果却是毫无所得。那些文章中，除了说教以外，几乎没有什么有用的东西。大半都是老生常谈，不能解决什么实际问题，没能给我留下深刻的印象。现在看来，倒是猫们临终时的所作所为，即使仅仅是出于本能吧，却给了我很大的启发。人们难道就不应该向猫们学习这一点经验吗？有生必有死，这是自然规律，谁都逃不过。中国历史上的赫赫有名的人物，秦皇、汉武，还有唐宗，想方设法，千方百计，想求得长生不老。到头来仍然是竹篮子打水一场空，只落得黄土一抔，"西风残照汉家陵阙"。我辈平民百姓又何必煞费苦心呢？一个人早死几个小时，或者晚死几个小时，甚至几天，实在是无所谓的小事，决影响不了地球的转动，社会的前进。再退一步想，现在有些思想开明的人士，不想长生不死，不想在大地上再留黄土一抔；甚至开明到不要遗体告别，不要开追悼会。但是仍会给后人留下一些麻烦：登报，发讣告，还要打电话四处通知，总得忙上一阵。何不学一学猫们呢？它们这样处理生死大事，干得何等干净利索呀！一点痕迹也不留，走了，走了，永远地走了，让这花花世界的人们不见猫尸，用不着落泪，照旧做着花花世界的梦。

　　我忽然联想到我多次看过的敦煌壁画上的西方净土变。所谓"净土"，指的就是我们常说的天堂、乐园。是许多宗教信徒烧香念佛，查经祷告，甚至实行苦行，折磨自己，梦寐以求想到达的地方。据说在那里可以享受天福，得到人世间万万得不到的快乐。我看了壁画上画的房子、街道、树木、花草，以及大人、小孩，林林总总，觉得十分热闹。可我觉得没有什么出奇之处。只有一件事给我留下了永不磨灭的印象，那就是，那里的人们都是笑口常开，没有一个人愁眉苦脸，他们的日子大概过得都很惬意。不像在我们人间有这样许多不如意的事情，有时候办点事，还要找后门，钻空子。在他们的商店里——净土里面还实行市场经济吗？他们还用得着商店吗？——售货员大概都很和气，不给人白眼，不训斥"上帝"，不扎堆闲侃，不给人钉子碰。这样的天堂乐园，我也真是心向往之的。但是给我印象最深，使我最为吃惊或者羡慕的还是他们对待要死的人的态度。那里的人，大概同人世间的猫们差不多，能预先知道自己寿终的时刻。到了此时，要死的老嬷嬷或者老头，健步如飞地走在前面，身后簇拥着自己的子子孙孙、至亲好友，个个喜笑颜开，全无悲戚的神态，仿佛是去参加什么喜事一般，一直把老人送进坟墓。后事如何，壁画不是电影，是不能动的。然而画到这个程序，以后的事尽在不言中。如果一

定要画上填土封坟，反而似乎是多此一举了。我觉得，净土中的
人们给我们人类争了光。他们这一手比猫们又漂亮多了。知道必
死，而又兴高采烈，多么豁达！多么聪明！猫们能做得到吗？这
证明，净土里的人们真正参透了人生奥秘，真正参透了自然规律。
人为万物之灵，他们为我们人类在同猫们对比之下真真增了光！
真不愧是净土！

上面我胡思乱想得太远了，还是回到我们人世间来吧。我坦
白承认，我对人生的奥秘参透得还不够，我对自然规律参透得也
还不够。我仍然十分怀念我的咪咪。我心里仿佛有一个空白，非
填起来不行。我一定要找一只同咪咪一模一样的白色波斯猫。后
来果然朋友又送来了一只，浑身长毛，洁白如雪，两只眼睛全是
绿的，亮晶晶像两块绿宝石。为了纪念死去的咪咪，我仍然为它
命名"咪咪"，见了它，就像见到老咪咪一样。过了大约又有一
年的光景，友人又送了我一只据说是纯种的波斯猫，两只眼睛颜
色不同，一黄一蓝。在太阳光下，黄的特别黄，蓝的特别蓝，像
两颗黄蓝宝石，闪闪发光，竞妍争艳。这只猫特别调皮，简直是
胆大无边，然而也因此就更特别可爱。这一下子又忙坏了虎子，
它认为这两只小猫都是自己的亲生女儿，硬逼着它们吮吸自己那
干瘪的奶头。只要它走出去，不知在什么地方弄到了小鸟、蚱蜢
之类，就带回家来，给两只小猫吃。好久没有听到的"咪噢"唤
小猫的声音，现在又听到了。我心里漾起了一丝丝甜意。这大大
地减轻了我对老咪咪的怀念。

可是岁月不饶人，也不会饶猫的。这一只"土猫"虎子已

经活到十四岁。据通达世情的人们说，猫的十四岁，就等于人的
八九十岁。这样一来，我自己不是成了虎子的同龄"人"了吗？
这个虎子却也真怪。有时候，颇现出一些老相。两只炯炯有神的
眼睛里忽然被一层薄膜蒙了起来。嘴里流出了哈喇子，胡子上都
沾得亮晶晶的。不大想往屋里来，日日夜夜趴在阳台上蜂窝煤堆
上，不吃，不喝。我有了老咪咪的经验，知道它快不行了。我也
跑到海淀，去买来牛肉和猪肝，想让它不要饿着肚子离开这个世
界。我随时准备着：第二天早晨一睁眼，虎子不见了。结果虎子
并没有这样干。我天天凌晨第一件事就是来看虎子；隔着窗子，
依然黑糊糊的一团，卧在那里。我心里感到安慰。有时候，它也
起来走动了。我在本文开头时写的就是去年深秋一个下雨天我隔
窗看到的虎子的情况。

　　到了今天，半年又过去了。虎子不但没有走，而且顽健胜昔，
仍然是天天出去。有时候在晚上，窗外的布帘子的一角蓦地被掀了
起来，一个丑角似的三花脸一闪。我便知道，这是虎子回来了，连
忙开门，放它进来。大概同某一些老年人一样——不是所有的老年
人——到了暮年就改恶向善，虎子的脾气大大地改变了。几乎再也
不咬人了。我早晨摸黑起床，写作看书累了，常常到门外湖边山下
去走一走。此时，我冷不防脚下忽然踢着了一团软乎乎的东西。这
是虎子。它在夜里不知道在什么地方呆了一夜，现在看到了我，一
下子窜了出来，用身子蹭我的腿，在我身前和身后转悠。它跟着
我，亦步亦趋，我走到哪里，它就跟到哪里，寸步不离。我有时故
意爬上小山，以为它不会跟来了，然而一回头，虎子正跟在身后。

猫是从来不跟人散步的，只有狗才这样干。有时候碰到过路的人，他们见了这情景，都大为吃惊。"你看猫跟着主人散步哩！"他们说，露出满脸惊奇的神色。最近一个时期，虎子似乎更精力旺盛了，它返老还童了。有时候竟带一个它重孙辈的小公猫到我们家阳台上来。"今夜我们相识。"虎子用不着介绍就相识了。看样子，虎子一去不复返的日子遥遥无期了。我成了拥有三只猫的家庭的主人。

　　我养了十几年猫，前后共有四只。猫们向人们学习什么，我不通猫语，无法询问。我作为一个人却确实向猫学习了一些有用的东西。上面讲过的对处理死亡的办法，就是一个例子。我自己毕竟年纪已经很大了，常常想到死的问题。鲁迅五十多岁就想到了，我真是瞠乎后矣。人生必有死，这是无法抗御的。而且我还认为，死也是好事情。如果世界上的人都不死，连我们的轩辕老祖和孔老夫子今天依然峨冠博带，坐着奔驰车，到天安门去遛弯，你想人类世界会成一个什么样子！人是百代的过客，总是要走过去的，这决不会影响地球的转动和人类社会的进步。每一代人都只是一场没有终点的长途接力赛的一环。前不见古人，后不见来者，是宇宙常规。人老了要死，像在净土里那样，应该算是一件喜事。老人跑完了自己的一棒，把棒交给后人，自己要休息了，这是正常的。不管快慢，他们总算跑完了一棒，总算对人类的进步做出了贡献，总算尽上了自己的天职。年老了要退休，这是身体精神状况所决定的，不是哪个人能改变的。老人们会不会感到寂寞呢？我认为，会的。但是我却觉得，这寂寞是顺乎自然的，从伦理的高度来看，甚至是应该的。我始终主张，老年人应该为青年人活着，而不是相反。青年人有接力棒在手，世界是他们的，未来是他们的，希望是他们的。吾辈老年人的天职是尽上自己仅存的精力，帮助他们前进，必要时要躺在地上，让他们踏着自己的躯体前进，前进。如果由于害怕寂寞而学习《红楼梦》里的贾母，让一家人都围着自己转，这不但是办不到的，而且从人类前途利益来看是犯罪的行为。我说这些话，也许有人怀疑，我是不是碰到了什么不如意的事，才说出这样令某些人骇怪的话来。不，不，决不。我现在身体顽健，家庭和睦，在社会上广有朋友，每天照样读书、写作、会客、开会不辍。我没有不如意的事情，也没有感到寂寞。不过自己毕竟已逾耄耋之年，面前的路有限了。不免有时候胡思乱想。而且，我同猫们相处久了，觉得它们有些东西确实值得我们学习，我们这些万物之灵应该屈尊一下，学习学习。即使只学到猫们处理死亡大事这一手，我们社会上会减少多少麻烦呀！

"那么，你是不是准备学习呢？"我仿佛听到有人这样质问了。是的，我心里是想学习的。不过也还有些困难。我没有猫的本能，我不知道自己的大限何时来到。而且我还有点担心。如果我真正学习了猫，有一天忽然偷偷地溜出了家门，到一个旮旯里、树丛里、山洞里、河沟里，一头钻进去，藏了起来，这样一来，我们人类社会可不像猫社会那样平静，有些人必然认为这是特大新闻，指手画脚，喊喊喳喳。如果是在旧社会里或者在今天的香港等地的话，这必将成为头版头条的爆炸性新闻，不亚于当年的杨乃武和小白菜。我的亲属和朋友也必将派人出去寻找，派的人也许比寻找彭加木的人还要多。这是多么可怕的事呀！因此我就迟疑起来。至于最后究竟何去何从？我正在考虑、推敲、研究。

1992 年 2 月 17 日

咪咪

　　我现在越来越不了解自己了。我原以为自己不是多愁善感的人，内心还是比较坚强的。现在才发现，这只是一个假象，我的感情其实脆弱得很。

　　八年以前，我养了一只小猫，取名咪咪。她大概是一只波斯混种的猫，全身白毛，毛又长又厚，冬天胖得滚圆。额头上有一块黑黄相间的花斑，尾巴则是黄的。总之，她长得非常逗人喜爱。因为我经常给她些鱼肉之类的东西吃，她就特别喜欢我。有几年的时间，她夜里睡在我的床上。每天晚上，只要我一铺开棉被，盖上毛毯，她就急不可待地跳上床去，躺在毯子上。我躺下不久，就听到她打呼噜——我们家乡话叫"念经"——的声音。半夜里，我在梦中往往突然感到脸上一阵冰凉，是小猫用舌头来舔我了，有时候还要往我被窝儿里钻。偶尔有一夜，她没有到我床上来，我顿感空荡寂寞，半天睡不着。等我半夜醒来，脚头上沉甸甸的，用手一摸：毛茸茸的一团，心里有说不出来的甜蜜感，再次入睡，如游天宫。早晨一起床，吃过早点，坐在书桌前看书写字。这时候咪咪决不再躺在床上，而是一定要跳上书桌，趴在台灯下面我的书上或稿纸上，有时候还要给我一个屁股，头朝里面。有时候还会摇摆尾巴，把我的书页和稿纸摇乱。过了一些时候，外面天色大亮，我就把咪咪和另外一只纯种"国猫"名叫虎子的黑色斑纹的"土猫"放出门去，到湖边和土山下草坪上去吃点青草，就地打几个滚儿，然后跟在我身后散步。我上山，她们就上山；我走下来，她们也跟下来。猫跟人散步是极为稀见的，因此成为朗润园一景。这时候，几乎每天都碰到一位手提鸟笼遛鸟的老退休工人，我们一见面，就相对大笑一阵："你在遛鸟，我在遛猫，我们各有所好啊！"我的一天，往往就是在这种情况下开始的。其乐融融，自不在话下。

　　大概在一年多以前，有一天，咪咪忽然失踪了。我们全家都有点着急。我们左等，右等；左盼，右盼，望穿了眼睛，只是不见。在深夜，在凌晨，我走了出来，瞪大了双眼，尖起了双耳，希望能在朦胧中看到一团白色，希望能在万籁俱寂中听到一点声息。然而，一切都是枉然。这样过了三天三夜，一个下午咪咪忽然回来了。雪白的毛上沾满了杂草，颜色变成了灰土土的，完全一副狼狈不堪的样子。一头闯进门，直奔猫食碗，狼吞虎咽，大嚼一通。然后跳上壁橱，藏了起来，好半天不敢露面。从此，她似乎变了脾气，拉尿不知，有时候竟在桌子上撒尿和拉屎。她原来是一只规矩温顺的小猫咪，完全不是这样子的。我们都怀疑，她之所以失踪，是被坏人捉走了的，想逃跑，受到了虐待，甚至受到捶挞，好不容易，逃了回来，逃出了魔掌，生理上受到了剧烈的震动，才落了一身这样的坏毛病。

我们看了心里都很难受。一个纯洁无辜的小动物，竟被折磨成这个样子，谁能无动于衷呢？可是我又有什么办法？我是最喜爱这个小东西的，心里更好像是结上了一个大疙瘩，然而却是爱莫能助，眼睁睁地看她在桌上的稿纸上撒尿。但是，我决不打她。我一向主张，对小孩子和小动物这些弱者，动手打就是犯罪。我常说，一个人如果自认还有一点力量、一点权威的话，应当向敌人和坏人施展，不管他们多强多大。向弱者发泄，算不上英雄汉。

然而事情发展却越来越坏，咪咪任意撒尿和拉屎的频率增强了，范围扩大了。在桌上，床下，澡盆中，地毯上，书上，纸上，只要从高处往下一跳，尿水必随之而来。我以老年衰躯，匍匐在床下桌下向纵深的暗处去清扫猫屎，钻出来以后，往往喘上半天粗气。我不但毫不气馁，而且大有乐此不疲之概，心里乐滋滋的。我那年近九旬的老祖笑着说："你从来没有给女儿、儿子打扫过屎尿，也没有给孙子、孙女打扫过，现在却心甘情愿服侍这一只小猫！"我笑而不答。我不以为苦，反以为乐。这一点我自己也解释不清楚。

但是，事情发展得比以前更坏了。家人忍无可忍，主张把咪咪赶走。我觉得，让她出去野一野，也许会治好她的病，我同意了。于是在一个晚上把咪咪送出去，关在门外。我躺在床上，辗转反侧，再也睡不着。后来蒙眬睡去，做起梦来，梦到的不是别的什么，而是咪咪。第二天早晨，天还没有亮，我拿着电筒到楼外去找。我知道，她喜欢趴在对面居室的阳台上。拿手电一照，白白的一团，咪咪蜷伏在那里，见到了我"咪噢"叫个不停，仿佛有一肚子委屈要向我倾诉。我听了这种哀鸣，心酸泪流。如果猫能做梦的话，她梦到的必然是我。她现在大概怨我太狠心了，我只有默默承认，心里痛悔万分。我知道，咪咪的母亲刚刚死去，她自己当然完全不懂这一套，我却是懂得的。我青年丧母，留下了终天之恨。年近耄耋，一想到母亲，仍然泪流不止。现在竟把思母之情移到了咪咪身上。我心跳手颤，赶快拿来鱼饭，让咪咪饱餐一顿。但是，没有得到家人的同意，我仍然得把咪咪留在外面。而我又放心不下，经常出去看她。我住的朗润园小山重叠，林深树茂，应该说是猫的天堂。可是咪咪硬是不走，总卧在我住宅周围。我有时晚上打手电出来找她，在临湖的石头缝中往往能发现白色的东西，那是咪咪。见了我，她又"咪噢"直叫。她眼睛似乎有了病，老是泪汪汪的。她的泪也引起了我的泪，我们相对而泣。

我这样一个走遍天涯海角饱经沧桑的垂暮之年的老人，竟为这样一只小猫而失神落魄，对别人来说，可能难以解释，但对我自己来说，却是很容易解释的。从报纸上看到，定居台湾的老友梁实秋先生，在临终前念念不忘的是他的猫。我读了大为欣慰，引为"同志"，这也可以说是"猫坛"佳话吧。我现在再也不硬充英雄好汉了，我俯首承认我是多愁善感的。咪咪这样一只小猫就戳穿了我这一只"纸老虎"。我了解到了自己的本来面目，并不感到有什么难堪。

　　现在，我正在香港讲学，住在中文大学会友楼中。此地背山面海，临窗一望，海天混茫，水波不兴，青螺数点，帆影一片，风光异常美妙，园中有四时不谢之花、八节长春之草，兼又有主人盛情款待，我心中此时乐也。然而我却常有"山川信美非吾土"之感，我怀念北京燕园中我的家人，我的朋友，我的书房，我那堆满书案的稿子。我想到北国就要千里冰封、万里雪飘，"马后桃花马前雪，教人哪得不回头？"我归心似箭，决不会"回头"。特别是当我想到咪咪时，我仿佛听到她的"咪噢"的哀鸣，心里颤抖不停，想立刻插翅回去。小猫吃不到我亲手给她的鱼肉，也许大惑不解："我的主人哪里去了呢？"猫们不会理解人们的悲欢离合。我庆幸她不理解，否则更会痛苦了。好在我留港时间即将结束，我不久就能够见到我的家人，我的朋友。燕园中又多了一个我，咪咪会特别高兴的，她的病也许会好了。北望云天万里，我为咪咪祝福。

1988 年 11 月 8 日写于香港中文大学会友楼

1996 年 1 月 2 日重抄于北大燕园

咪咪二世

凌晨四时，如在冬天，夜气犹浓，黑暗蔽空。我起床，打开电灯，拉开窗帘，玻璃窗外窗台上两股探照灯似的红光正对准我射过来。我知道，小猫咪咪二世已等我给她开门了。

我连忙拿起手电筒，开门，走到黑暗的楼道里，用电筒对着黑暗的门外闪上两闪。立即有一股白烟似的东西，窜到我的脚下，用浑身白而长的毛蹭我的腿，用嘴咬我的裤腿，用软软的爪子挠我的脚，使我步都迈不开。看样子真好像是多年未见了。实际上昨天晚上我才开门放她出去的。进屋以后，我给她极小一块猪肝或牛肉。她心满意足了，跳上电冰箱的顶，双眼一眯，呼噜呼噜念起经来了。

多少年来，我一日之计就是这样开始的。

咪咪就完了，为什么还要加上"二世"？原来我养过一只纯白的波斯猫。后来寿限已到，不知道寿终什么寝了。她的名字叫咪咪。她的死让我非常悲哀,我发誓要找一只同样毛长尾粗的波斯猫。皇天不负有心人,后来果然找到了。为了区别于她的前任,我仿效秦始皇的办法,命名为"二世"。是不是也蕴含着一点传之万世而无穷的意思呢?没有。咪咪和我都没有秦始皇那样的雄才大略。

不管怎样,咪咪二世已经成了我每天的不太多的喜悦的源泉。在白天,我看书写作一疲倦,就往往到楼外小山下池塘边去散一会儿步。这时候,忽然出我意料,又有一股白烟从草丛里,从野花旁,蓦地窜了出来,用长而白的毛蹭我的腿,用嘴咬我的裤腿,用软软的爪子挠我的脚,使我步都迈不开。我努力迈步向前走,她就跟在我身后,陪我散步,山上,池边,我走到哪里,她跟到哪里。据有经验的老人说,只有狗才跟人散步,猫是决不肯干的。可是我们的咪咪二世却敢于打破猫们的旧习,成为猫世界的"叛逆的女性"。于是,小猫跟季羡林散步,就成为燕园的一奇。可惜宣传跟不上;否则,这一奇景将同英国王宫卫队换岗一样,名扬世界了。

1993 年 12 月 13 日

一条老狗

自己也不知道是什么原因，我总会不时想起一条老狗来。在过去七十年的漫长的时间内，不管我是在国内，还是在国外，不管我是在亚洲、在欧洲、在非洲，一闭眼睛，就会不时有一条老狗的影子在我眼前晃动，背景是在一个破破烂烂篱笆门前，后面是绿苇丛生的大坑，透过苇丛的疏稀处，闪亮出一片水光。

这究竟是怎么一回事呢？

无论用多么夸大的词句，也决不能说这一条老狗是逗人喜爱的。它只不过是一条最普普通通的狗，毛色棕红，灰暗，上面沾满了碎草和泥土，在乡村群狗当中，无论如何也显不出一点特异之处，既不凶猛，又不魁梧。然而，就是这样一条不起眼儿的狗却揪住了我的心，一揪就是七十年。

因此，话必须从七十年前说起。当时我还是一个不谙世事的毛头小伙子，正在清华大学读西洋文学系二年级。能够进入清华园，是我平生最满意的事情，日子过得十分惬意。然而，好景不长。有一天，是在秋天，我忽然接到从济南家中打来的电报，只有四个字："母病速归。"我仿佛是劈头挨了一棒，脑筋昏迷了半天。我立即买好了车票，登上开往济南的火车。

我当时的处境是，我住在济南叔父家中，这里就是我的家，而我母亲却住在清平官庄的老家里。整整十四年前，我六岁的那一年，也就是1917年，我离开了故乡，也就是离开了母亲，到济南叔父处去上学。我上一辈共有十一位叔伯兄弟，而男孩却只有我一个。济南的叔父也只有一个女孩，于是在表面上我就成了一个宝贝蛋。然而真正从心眼里爱我的只有母亲一人，别人不过是把我看成能够传宗接代的工具而已。这一层道理一个六岁的孩子是无法理解的。可是离开母亲的痛苦我却是理解得又深又透的。到了济南后第一夜，我生平第一次不在母亲怀抱里睡觉，而是孤身一个人躺在一张小床上，我无论如何也睡不着，我一直哭了半夜。这是怎么一回事呀！为什么把我弄到这里来了呢？"遥怜小儿女，未解忆长安"，母亲当时的心情，我还不会去猜想。现在追忆起来，她一定会是肝肠寸断，痛哭决不止半夜。现在，这已成了一个万古之谜，永远也不会解开了。

从此我就过上了寄人篱下的生活。我不能说，叔父和婶母不喜欢我，但是，我唯一被喜欢的资格就是，我是一个男孩。不是亲生的孩子同自己亲生的孩子感情必然有所不同，这是人之常情，用不着掩饰，更用不着美化。我在感情方面不是一个麻木的人，一些细微末节，我体会极深。常言道：没娘的孩子最痛苦。我虽有娘，却似无娘，这痛苦我感受得极深。我是多么想念我故乡里的娘呀！然而，天地间除了母亲一个人外有谁真能了解我的心情、我的痛苦呢？因此，我半夜醒来一个人偷偷地在被窝里吞声饮泣的情况就越来越多了。

在整整十四年中，我总共回过三次老家。第一次是在我上小学的时候，为了奔大奶奶之丧而回家的。大奶奶并不是我的亲奶奶，但是从小就对我疼爱异常。如今她离开了我们，我必须回家，这似乎是天经地义的事情。这一次我在家只住了几天，母亲异常高兴，自在意中。第二次回家是在我上中学的时候，原因是父亲卧病。叔父亲自请假回家，看自己共过患难的亲哥哥。这次在家住的时间也不长。我每天坐着牛车，带上一包点心，到离开我们村相当远的一个大地主兼中医的村里去请他，到我家来给父亲看病，看完再用牛车送他回去。路是土路，坑洼不平，牛车走在上面，颠颠簸簸，来回两趟，要用去差不多一整天的时间。至于医疗效果如何呢？那只有天晓得了。反正父亲的病没有好，也没有变坏。叔父和我的时间都是有限的，我们只好先回济南了。过了没有多久，父亲终于走了。一叔到济南来接我回家。这是我第三次回家，同第一次一样，专为奔丧。在家里埋葬了父亲，又住了几天。现在家里只剩下了母亲和二妹两个人。家里失掉了男主人，一个妇道人家怎样过那种只有半亩地的穷日子，母亲的心情怎样，我只有十一二岁，当时是难以理解的。但是，我仍然必须离开她到济南去继续上学。在这样万般无奈的情况下，但凡母亲还有不管是多么小的力量，她也决不会放我走的。可是她连一丝一毫的力量也没有。她一字不识，一辈子连个名字都没有能够取上，做了一辈子"季赵氏"。到了今天，父亲一走，她怎样活下去呢？她能给我饭吃吗？不能的，决不能。母亲心内的痛苦和忧愁，连我都感觉到了。最后她只能眼睁睁地看着自己最亲爱的孩子离开了自己，走了，走了。谁会知道，这是她最后一次看到自己的儿子呢？谁会知道，这也是我最后一次见到母亲呢？

回到济南以后，我由小学而初中，由初中而高中，由高中而到北京来上大学，在长达八年的过程中，我由一个浑浑沌沌的小孩子变成了一个青年人，知识增加了一些，对人生了解得也多了不少。对母亲当然仍然是不断想念的。但在暗中饮泣的次数少了，想的是一些切切实实的问题和办法。我梦想，再过两年，我大学一毕业，由于出身一个名牌大学，抢一只饭碗是不成问题的。到了那时候，自己手头有了钱，我将首先把母亲迎至济南。她才四十来岁，今后享福的日子多着哩。

可是我这一个奇妙如意的美梦竟被一张"母病速归"的电报打了个支离破碎。我现在坐在火车上，心惊肉跳，忐忑难安。哈姆莱特问的是 to be or not to be，我问的是母亲是病了，还是走了？我没有法子求签占卜，可我又偏想知道个究竟，我于是自己想出了一套占卜的办法。我闭上眼睛，如果一睁眼我能看到一根电线杆，那母亲就是病了；如果看不到，就是走了。当时火车速度极慢，从北京到济南要走十四五个小时。就在这样长的时间内，我闭眼又睁眼反复了不知多次。有时能看到电线杆，则心中一喜。有时又看不到，心中则一惧。到头来也没能得出一个肯定的结果。我到了济南。

到了家中，我才知道，母亲不是病了，而是走了。这消息对我真如五雷轰顶，我昏迷了半晌，躺在床上哭了一天，水米不曾沾牙。悔恨像大毒蛇直刺入我的心窝。在长达八年的时间内，难道你就不能在任何一个暑假内抽出几天时间回家看一看母亲吗？二妹在前几年也从家乡来到了济南，家中只剩下母亲一个人，孤苦伶仃，形单影只，而且又缺吃少喝，她日子是怎么过的呀！你的良心和理智哪里去了？你连想都不想一下吗？你还能算得上是一个人吗？我痛悔自责，找不到一点能原谅自己的地方。我一度曾想到自杀，追随母亲于地下。但是，母亲还没有埋葬，不能立即实行。在极度痛苦中我胡乱诌了一幅挽联：

　　一别竟八载，多少次倚闾怅望，眼泪和血流，迢迢玉宇，高处寒否？

　　为母子一场，只留得面影迷离，入梦浑难辨，茫茫苍天，此恨曷极！

对仗谈不上，只不过想聊表我的心情而已。

叔父婶母看着苗头不对，怕真出现什么问题，派马家二舅陪我还乡奔丧。到了家里，母亲已经成殓，棺材就停放在屋子中间。只隔一层薄薄的棺材板，我竟不能再见母亲一面，我与她竟是人天悬隔矣。我此时如万箭钻心，痛苦难忍，想一头撞死在母亲棺材上，被别人死力拽住，昏迷了半天，才醒转过来。抬头看屋中的情况，真正是家徒四壁，除了几只破椅子和一只破箱子以外，什么都没有。在这样的环境中，母亲这八年的日子是怎样过的，不是一清二楚了吗？我又不禁悲从中来，痛哭了一场。

现在家中已经没了女主人，也就是说，没有了任何人。白天我到村内二大爷家里去吃饭，讨论母亲的安葬事宜。晚上则由二大爷亲自送我回家。那时村里不但没有电灯，连煤油灯也没有。家家都点豆油灯，用棉花条搓成灯捻，只不过是有点微弱的亮光而已。有人劝我，晚上就睡在二大爷家里，我执意不肯。让我再陪母亲住上几天吧。在茫茫百年中，我在母亲身边只住过六年多，现在仅仅剩下了几天，再不陪就真正抱恨终天了。于是二大爷就亲自提一个小灯笼送我回家。此时，万籁俱寂，宇宙笼罩在一片黑暗中，只有天上的星星在眨眼，仿佛闪出一丝光芒。全村没有一点亮光，没有一点声音。透过大坑里芦苇的疏隙闪出一点水光。走近破篱笆门时，门旁地上有一团黑东西，细看才知道是一条老狗，静静地卧在那里。狗们有没有思想，我说不准，但感情的确是有的。这一条老狗几天来大概是陷入困惑中：天天喂我的女主人怎么忽然不见了？它白天到村里什么地方偷一点东西吃，立即回到家里来，静静地卧在篱笆门旁。见了我这个小伙子，它似乎感到我也是这家的主人，同女主人有点什么关系，因此见到了我并不咬我，有时候还摇摇尾巴，表示亲昵。那一天晚上我看到的就是这一条老狗。

我孤身一个人走进屋内，屋中停放着母亲的棺材。我躺在里面一间屋子里的大土炕上，炕上到处是跳蚤，它们勇猛地向我发动进攻。我本来就毫无睡意，跳蚤的干扰更加使我难以入睡了。

我此时孤身一人陪伴着一具棺材。我是不是害怕呢？不的，一点也不。虽然是可怕的棺材，但里面躺的人却是我的母亲。她永远爱她的儿子，是人，是鬼，都决不会改变的。

正在这时候，在黑暗中外面走进来一个人，听声音是对门的宁大叔。在母亲生前，他帮助母亲种地，干一些重活，我对他真是感激不尽。他一进屋就高声说："你娘叫你哩！"我大吃一惊：母亲怎么会叫我呢？原来宁大婶撞客了，撞着的正是我母亲。我赶快起身，走到宁家。在平时这种事情我是绝对不会相信的。此时我却是心慌意乱了。只听从宁大婶嘴里叫了一声："喜子呀！娘想你啊！"我虽然头脑清醒，然而却泪流满面。娘的声音，我八年没有听到了。这一次如果是从母亲嘴里说出来的，那有多好啊！然而却是从宁大婶嘴里，但是听上去确实像母亲当年的声音。我信呢，还是不信呢？你不信能行吗？我糊里糊涂地如醉似痴地走了回来。在篱笆门口，地上黑黢黢的一团，是那一条忠诚的老狗。

我又躺在炕上，无论如何也睡不着了，两只眼睛望着黑暗，仿佛能感到自己的眼睛在发亮。我想了很多很多，八年来从来没有想到的事，现在全想到了。父亲死了以后，济南的经济资助几乎完全断绝，母亲就靠那半亩地维持生活，她能吃得饱吗？她一定是天天夜里躺在我现在躺的这一个土炕上想她的儿子，然而儿子却音信全无。她不识字，我写信也无用。听说她曾对人说过："如果我知道一去不回头的话，我无论如何也不会放他走的！"这一点我为什么过去一点也没有想到过呢？古人说："树欲静而风不止，子欲养而亲不待。"现在这两句话正应在我的身上，我亲自感受到了；然而晚了，晚了，逝去的时光不能再追回了！"长夜漫漫何时旦？"我却盼天赶快亮。然而，我立刻又想到，我只是一次度过这样痛苦的漫漫长夜，母亲却度过了将近三千次。这是多么可怕的一段时间啊！在长夜中，全村没有一点灯光，没有一点声音，黑暗仿佛凝结成为固体，只有一个人还瞪大了眼睛在玄想，想的是自己的儿子。伴随她的寂寥的只有一个动物，就是篱笆门外静卧的那一条老狗。想到这里，我无论如何也不敢再想下去了；如果再想下去的话，我不知道会出现什么样的情况。

母亲的丧事处理完，又是我离开故乡的时候了。临离开那一座破房子时，我一眼就看到那一条老狗仍然忠诚地趴在篱笆门口。见了我，它似乎预感到我要离开了，它站了起来。走到我跟前，在我腿上擦来擦去，对着我尾巴直摇。我一下子泪流满面，我知道这是我们的永别，我俯下身，抱住了它的头，亲了一口。我很想把它抱回济南。但那是绝对办不到的。我只好一步三回首地离开了那里，眼泪向肚子里流。

到现在这一幕已经过去了七十年。我总是不时想到这一条老狗。女主人没了，少主人也离开了，它每天到村内找点东西吃，究竟能够找多久呢？我相信，它决不会离开那个篱笆门口的，它会永远趴在那里的，尽管脑袋里也会充满了疑问。它究竟趴了多久，我不知道，也许最终是饿死的。我相信，就是饿死，它也会死在那个破篱笆门口，后面是大坑里透过苇丛闪出来的水光。

我从来不信什么轮回转生；但是，我现在宁愿信上一次。我已经九十岁了，来日苦短了。等到我离开这个世界以后，我会在天上或者地下什么地方与母亲相会，趴在她脚下的仍然是这一条老狗。

2001 年 5 月 2 日

兔子

　　不记得是什么时候，大概总在我们全家刚从一条满铺了石头的古旧的街的北头搬到南头以后，我有了三只兔子。

　　说起兔子，我从小就喜欢的。在故乡里的时候，同村的许多的家里都养着一窝兔子。在地上掘一个井似的圆洞，不深，在洞底又有向旁边通的小洞。兔子就住在里面。不知为什么，我们却总不记得家里有过这样的洞。每次随了大人往别的养兔子的家里去玩的时候，大人们正在扯不断拉不断絮絮地谈得高兴的当儿，我总是放轻了脚步走到洞口，偷偷地向里瞧——兔子正在小洞外面徘徊着呢。有黑白花的，有纯黑的。我顶喜欢纯白的，因为眼睛红亮得好看。透亮的长耳朵左右摇摆着。嘴也仿佛战栗似的颤动着，在嚼着菜根什么的。蓦地看见人影，都迅速地跑进小洞去了，像一溜溜的白色黑色的烟。倘若再伏下身子去看，在小洞的薄暗里，便只看见一对对的莹透的宝石似的眼睛了。

在我走出了童年以前的某一个春天，记得是刚过了年，因为一种机缘的凑巧，我离开故乡，到一个以湖山著名的都市里去。从栉比的高的楼房的空隙里，我只看到一线蓝蓝的天，这哪里像故乡里锅似的覆盖着的天呢？我看不到远远的笼罩着一层轻雾的树。我看不到天边上飘动的水似的云烟。我嗅不到土的气息。我仿佛住在灰之国里。终日里，我只听到闹嚷嚷的车马的声音。在半夜里，还有小贩的咽声从远处的小巷里飘了过来。我是地之子，我渴望着再回到大地的怀里去。当时，小小的心灵也会感到空漠的悲哀吧。但是，最使我不能忘怀的，占据了我的整个的心的，却还是有着宝石似的眼睛的故乡里的兔子。

也不记得是几年以后了，总之是在秋天，叔父从望口山回家来，仆人挑了一担东西。上面是用蒲包装的有名的肥桃，下面有一个木笼。我正怀疑木笼里会装些什么东西，仆人已经把木笼举到我的眼前了——战栗似的颤动着的嘴，透亮的长长的耳朵，红亮的宝石似的眼睛……这不正是我梦寐渴望的兔子么？记得他临到望口山去的时候，我曾向他说过，要他带几个兔子回来。当时也不过随意一说，现在居然真带来了。这仿佛把我拉回了故乡里去。我是怎么狂喜呢？笼里一共有三只：一只大的，黑色，像母亲；两只小的，白色。我立刻舍弃了美味的肥桃，东跑西跑，忙着找白菜，找豆芽，喂它们。我又替它们张罗住处，最后就定住在我的床下。

童年在故乡里的时候，伏在别人的洞口上，羡慕人家的兔子，现在居然也有三只在我的床下了。对我，这简直比童话还不可信。

最初，才从笼里放出来的时候，立刻就有猫挤上来。兔子仿佛很胆怯，伏在地上，不敢动。耳朵紧贴在头上，只有嘴颤动得更厉害。把猫赶走了，才慢慢地试着跑。我一转眼，大的早领着两只小的躲在花盆后面了。再一转眼，早又跑到床下面去了。有了兔子以后的第一个夜里，我躺在床上，辗转着睡不沉，听兔子在床下嚼着豆芽的声音，我仿佛浮在云堆里。已经忘记了做过些什么样的梦了。

就这样，我的床下面便凭空添了三个小生命。每当我坐在靠窗的一张桌子的旁边读书的时候，兔子便偷偷地从床下面蹿出来，没有一点声音。我从书页上面屏息地看着它们。——先是大的一探头，又缩回去；再一探头，走出来了，一溜黑烟似的。紧随着的是两只小的，都白得像一团雪，眼睛红亮，像——我简直说不出像什么。像玛瑙么？比玛瑙还光莹。就用这小小的红亮的眼睛四面看着，走到从花盆里垂出的拂着地的草叶下面，嘴战栗似的颤动几下，停一停，走到书架旁边，嘴战栗似的颤动几下，停一停，走到小凳下面。嘴战栗似的颤动几下，停一停。忽然我觉得有软茸茸的东西靠上了我的脚了。我知道是小兔正伏在我的脚下。我忍耐着不敢动。不知怎地，腿忽然一抽。我再看时，一溜黑烟，两溜白烟，兔子都藏到床下面去。伏下身子去看，在床下面暗黑的角隅里，便只看见莹透的宝石似的一对对的眼睛了。

是秋天，前面已经说过，我住的屋的窗外有一棵海棠树。以前常听人说，兔子是顶孱弱的，猫对它便是个大的威胁。在兔子没来我床下面住以前，屋里也常有猫的踪迹。门关严了的时候，这棵海棠树就成了猫来我屋里的路。自从有了兔子以后，在冷寂的秋的长夜里，我常常无所谓地蓦地醒转来。——窗外风吹着落叶，窸窣地响，我疑心是猫从海棠树上爬上了窗子。绵连的夜雨击着落叶，窸窣地响，我又疑心是猫爬上了窗子。我静静地等着，不见有猫进来。低头看时，兔子正在地上来回地跑着，在微明的灯光里，更像一溜溜的黑烟和白烟了。眼睛也更红亮得像宝石了。当我正要蒙胧睡去的时候，恍惚听到"咪"的一声，看窗子上破了一个洞的地方，正有两颗灯似的眼睛向里瞅着。

第二天早晨起来，第一件要做的事情，就是伏下头去看，兔子丢了没有。看到两个小兔两团白絮似的偎在大的身旁熟睡的时候，心里仿佛得到点安慰。过了一会，再回到屋里来读书的时候，又可以看到它们在脚下来回地跑了。其实并没有什么声息，屋里总仿佛充满了生气与欢腾似的。周围的空气，也软浓浓地变得甜美了。兔子也渐渐不胆怯起来。看见我也不很躲避了。第一次一个小兔很驯顺地让我抚摸的时候，我简直欢喜得流泪呢。

倘若我的记忆靠得住的话，大约总有半个秋天，就在这样的颇有诗意的情况里度过去。我还能模模糊糊地记得：兔子才在笼里装来的时候，满院子都挤满了花。我一闭眼，还能看到当时院子里飘动的那一层淡淡的绿色。兔子常从屋里跑出来，到花盆缝里去玩，金鱼缸里的子午莲还仿佛从水面上突出两朵白花来。只依稀有一点影。这记忆恐怕靠不大住了。随了这绿色，这金鱼缸，我又能看到靠近海棠树的涂上了红油绿油的窗子嵌着一方不小的玻璃，上面有雨和土的痕迹。窗纸上还粘着几条蜘蛛丝，窗子里面就是我的书桌，再往里，就是床，兔子就住在床下面……这一切都仿佛在眼前浮动。但又像烟，像雾，眼看就要幻化到空濛里去了。

我不是说大概过了有半个秋天么？——等到院子里的花草渐渐地减少了，立刻显得很空阔。落叶却在阶下多起来，金鱼缸里早没了水。天更蓝，更长；澹远的秋有转入阴沉的冬的样儿了。就在这样一个蓝天的早晨，我又照例伏下身子，去看兔子丢了没有。——奇怪，床下面空空的，仿佛少了什么东西似的。再仔细看，只看到两个小兔凄凉地互相偎着睡。它们的母亲跑到哪里去了呢？我立刻慌了。汗流遍了全身。本来，几天以来，大兔子的胆更大了，常常自己偷跑到天井里去。这次恐怕又是自己偷跑出去了吧。但各处，屋里，屋外，都找到了，没有影，回头又看到两个小兔子偎在我的脚下，一种莫名其妙的凄凉袭进了我的心。我哭了，我是很早就离开母亲的。我时常想到她。我感到凄凉和寂寞。看来这两个小兔子也同我一样地感到凄凉和寂寞吧。我没地方倾诉，除非在梦里，小兔子又向哪里，而且又怎样倾诉呢？——我又哭了。

起初，我还有希望，我希望大兔子会自己跑回来，幕地给我一个大的欢喜。但是一天一天地过去，我这希望终于成了泡影。我却更爱这两个小兔子了。以前我爱它们，因为它们红亮的眼睛，雪絮似的软毛。这以后的爱里，却掺入了同情。有时我还想拿我的爱抚来弥补它们失掉母亲的悲哀。但这哪是可能的呢？眼看它们渐渐消瘦了下去。在屋里跑的时候也不像以前那样轻快了。

时常偎到我的脚下来。我把它们抱在怀里，也驯顺地伏着不动。当我看到它们踽踽地走开的时候，小小的心真的充满了无名的悲哀呢！

这样的情况也没能延长多久，两三天以后，我忽然发现在屋里跑着的只有一个兔子，那个同伴到哪里去了呢？我又慌了，又各处地找到：墙隅，桌下，又在天井里各处找，低声唤着，落叶在脚下索索地响。终于，没有影。当我看到这剩下的一个小生命孤独地踱着的时候，再听檐边秋天特有的风声，眼泪又流下来了。——它在找它的母亲吗？找它的兄弟吗？为什么连叹息一声也不呢？宝石似的眼睛里也仿佛含着晶莹的泪珠了。夜里，在微明的灯光下，我不见它在床下沉睡；它只是不停地在屋里跑着。这冷硬的土地，这漫漫的秋的长夜，没有母亲，没有兄弟偎着，凄凉的冷梦萦绕着它。它怎能睡得下去呢？

第二天的早晨，天更蓝，蓝得有点古怪。小屋里照得通明，小兔在我眼前跑过的时候，洁白的茸毛上，仿佛有一点红，一闪，我再看，就在透明红润的耳朵旁边，发现一点血痕——只一点，衬了雪白的毛，更显得红艳，像鸡血石上的斑，像西天一点晚霞。我却真有点焦急了。我听人说，兔子只要见血，无论多少一滴，就会死去的。这剩下的一个没有母亲，没有兄弟的孤独的小生命也要死去吗？我不相信，这比神话还渺茫，然而摆在眼前的却就是那一点红艳的血痕，怎样否认呢？我把它抱了起来，它仿佛也知道有什么不幸要临到它身上，只伏在我的怀里，不动，放下，也不大跑了。就在这天的末尾，在黄昏的微光里，当我再伏下头去看床下的时候，除了一堆白菜和豆芽之外，什么也看不到了。我各处找了找，也没找到什么。我早知道有什么事情要发生。而且，我也想：这样也倒好的。不然，孤零零的一个活在这世界上，得不到一点温热，在凄凉和寂寞的袭击下，这长长的一生又怎样消磨呢？我不哭，但是眼泪却流在肚子里去了，悲哀沉重地压在心头，我想到了故乡里的母亲。

就这样，半个秋天以来，在我床下面跑出跑进的三个兔子一个都不见了。我再坐在靠窗的桌子旁读书的时候，从书页上面，什么都看不到了。从有着风和雨的痕迹的玻璃窗里望出去：海棠树早落净了叶子，只剩下秃光的枝干，撑着晴晴的秋的长空。夜里，我再听到外面，窸窸窣窣地响的时候，我又疑心是猫。我从朦胧中醒转来，虽然有时也会在窗洞里看到两盏灯似的圆圆的眼睛。但是看床下的时候，却没有兔子来回地踱着了。眼一花，便会看到满地历乱的影子，一溜黑烟，一溜白烟，再仔细看，有什么呢？什么也没有，只有暗淡的灯照彻了冷寂的秋夜，外面又窸窣地响，是雨吧？冷栗，寂寞，混上了一点轻微空漠的悲哀，压住了我的心。一切都空虚。我能再做什么样的梦呢？

1934 年 2 月 16 日

神奇的丝瓜

今年春天，孩子们在房前空地上，斩草挖土，开辟出来了一个一丈见方的小花园。周围用竹竿扎了一个篱笆，移来了一棵玉兰花树，栽上了几株月季花，又在竹篱下面随意种上了几棵扁豆和两棵丝瓜。土壤并不肥沃，虽然也铺上了一层河泥，但估计不会起很大的作用，大家不过是玩玩而已。

过了不久，丝瓜竟然长了出来，而且日益茁壮、长大。这当然增加了我们的兴趣。但是我们也并没有过高的期望。我自己每天早晨工作疲倦了，常到屋旁的小土山上走一走，站一站，看看墙外马路上的车水马龙和亚运会招展的彩旗，顾而乐之，只不过顺便看一看丝瓜罢了。

丝瓜是普通的植物，我也并没有想到会有什么神奇之处。可是忽然有一天，我发现丝瓜秧爬出了篱笆，爬上了楼墙。以后，每天看丝瓜，总比前一天向楼上爬了一大段；最后竟从一楼爬上了二楼，又从二楼爬上了三楼。说它每天长出半尺，决非夸大之词。丝瓜的秧不过像细绳一般粗。如不注意，连它的根在什么地方，都找不到。这样细的一根秧竟能在一夜之间输送这样多的水分和养料，供应前方，使得上面的叶子长得又肥又绿，爬在灰白色的墙上，一片浓绿，给土墙增添了无量活力与生机。

这当然让我感到很惊奇，我的兴趣随之大大地提高。每天早晨看丝瓜成了我的主要任务。爬小山反而成为次要的了。我往往注视着细细的瓜秧和浓绿的瓜叶，陷入沉思，想得很远，很远……

又过了几天，丝瓜开出了黄花。再过几天，有的黄花就变成了小小的绿色的瓜。瓜越长越长，越长越大，重量当然也越来越增加，最初长出的那一个小瓜竟把瓜秧坠下来了一点，直挺挺地悬垂在空中，随风摇摆。我真是替它担心，生怕它经不住这一份重量，会整个地从楼上坠了下来落到地上。

然而不久就证明了，我这种担心是多余的。最初长出来的瓜不再长大，仿佛得到命令停止了生长。在上面，在三楼一位一百零二岁的老太太的窗外窗台上，却长出来了两个瓜。这两个瓜后来居上，发疯似的猛长，不久就长成了小孩胳膊一般粗了。这两个瓜加起来恐怕有五六斤重，那一根细秧怎么能承担得住呢？我又担心起来。没过几天，事实又证明了我是杞人忧天。两个瓜不知从什么时候忽然弯了起来，把躯体放在老太太的窗台上，从下面看上去，活像两个粗大变弯的绿色牛角。

不知道从哪一天起，我忽然又发现，在两个大瓜的下面，在二三楼之间，在一根细秧的顶端，又长出来了一个瓜，垂直地悬在那里。我又犯了担心病：这个瓜上面够不到窗台，下面也是空空的；总有一天，它越长越大，会把上面的两个大瓜也坠了下来，一起坠到地上，落叶归根，同它的根部聚合在一起。

然而今天早晨，我却看到了奇迹。同往日一样，我习惯地抬头看瓜：下面最小的那一个早已停止生长，孤零零地悬在空中，似乎一点分量都没有；上面老太太窗台上那两个大的，似乎长得更大了，威武雄壮地压在窗台上；中间的那一个却不见了。我看看地上，没有看到掉下来的瓜。等我倒退几步抬头再看时，却看到那一个我认为失踪了的瓜，平着身子躺在抗震加固时筑上的紧靠楼墙凸出的一个台子上。这真让我大吃一惊。这样一个原来垂直悬在空中的瓜怎么忽然平身躺在那里了呢？这个凸出的台子无论是从上面还是从下面都是无法上去的。决不会有人把丝瓜摆平的。

我百思不得其解，徘徊在丝瓜下面，像达摩老祖一样，面壁参禅。我仿佛觉得这棵丝瓜有了思想，它能考虑问题，而且还有行动，它能让无法承担重量的瓜停止生长；它能给处在有利地形的大瓜找到承担重量的地方，给这样的瓜特殊待遇，让它们疯狂地长；它能让悬垂的瓜平身躺下。如果不是这样的话，无论如何也无法解释我上面谈到的现象。但是，如果真是这样的话，又实在令人难以置信。丝瓜用什么来思想呢？丝瓜靠什么来指导自己的行动呢？上下数千年，纵横几万里，从来也没有人说过，丝瓜会有思想。我左考虑，右考虑；越考虑越糊涂。我无法同丝瓜对话。这是一个沉默的奇迹。瓜秧仿佛成了一根神秘的绳子，绿叶子照旧浓翠扑人眉宇。我站在丝瓜下面，陷入梦幻。而丝瓜则似乎心中有数，无言静观，它怡然泰然悠然坦然，仿佛含笑面对秋阳。

1990 年 10 月 9 日

五色梅

科纳克里是海之城、树之城，它也是花之城。

我们住的院子里就开满了花。高大的树上挂着大朵的红花。篱笆上爬满了喇叭筒似的黄花。地上铺着小朵的粉红色的花。烂漫纷披，五色杂陈。

这些花我都是第一次看到，名字当然不知道。我吟咏着什么人的一句诗："看花苦为译秦名"，心里颇有所感了。

但是，有一天，正当我在花园里散步的时候，我的眼前忽然一亮：我看到了什么十分眼熟的东西。仔细一看，是几株五色梅，被挤在众花丛中，有点喘不过气来；但仍然昂首怒放，开得兴会淋漓。

我从小就亲手种过五色梅。现在在离开祖国几万里的地方见到它，觉得十分顺眼，感到十分愉快。我连想都没有想，直觉地认为它就是从中国来的。现在我是他乡遇故知，大有恋恋难舍之感了。

可我立刻就问自己：为什么它一定是从中国来的呢？为什么它不能是原生在非洲后来流传到中国去的呢？为什么它就不能是在几内亚土生土长的呢？

这些问题我都回答不上来，我有点窘。

花木自古以来就是四海为家的。天涯处处皆芳草，没有什么地方没有美丽的花朵。原生在中国的花木传到了外国，外国的花木也传到了中国。它们由洋名而变为土名，由不习惯于那个最初很陌生的地方而变得习惯。在它们心中也许还怀念着自己的故乡吧；但是不论到了什么地方，只要一安顿下来，就毫不吝惜地散发出芳香，呈现出美丽，使大地更加可爱，使人们的生活更加丰富多彩。我现在却要同几内亚的五色梅攀亲论故，它们也许觉得可笑吧！

我自己也觉得可笑。低头看那几株五色梅，它好像根本不理会我想到的那些事情，正衬着大西洋的波光涛影，昂首怒放，开得兴会淋漓。

1964 年 1 月 28 日

枸杞树

　　在不经意的时候，一转眼便会有一棵苍老的枸杞树的影子飘过。这使我困惑。最先是去追忆：什么地方我曾看见这样一棵苍老的枸杞树呢？是在某处的山里么？是在另一个地方的一个花园里么？但是，都不像。最后，我想到才到北平时住的那个公寓；于是我想到这棵苍老的枸杞树。

　　我现在还能很清晰地温习一些事情：我记得初次到北平时，在前门下了火车以后，这古老都市的影子，便像一个秤锤，沉重地压在我的心上。我迷惘地上了一辆洋车，跟着木屋似的电车向北跑。远处是红的墙，黄的瓦。我是初次看到电车的。我想，"电"不是很危险吗？后面的电车上的脚铃响了，我坐的洋车仍然在前面悠然地跑着。我感到焦急，同时，我的眼仍然"如入山阴道上，应接不暇"，我仍然看到，红的墙，黄的瓦，终于，在焦急，又因为初踏入一个新的境地而生的迷惘的心情下，折过了不知多少满填着黑土的小胡同以后，我被拖到西城的某一个公寓里去了，我仍然非常迷惘而有点近于慌张，眼前的一切都仿佛给一层轻烟笼罩起来似的，我看不清院子里的什么东西，我甚至也没有看清我住的小屋，黑夜跟着来了，我便糊里糊涂地睡下去，做了许许多多离奇古怪的梦。

虽然做了梦，但是却没有能睡得很熟，刚看到窗上有点发白，我就起来了。因为心比较安定了一点，我才开始看得清楚：我住的是北屋，屋前的小院里，有不算小的一缸荷花，四周错落地摆了几盆杂花。我记得很清楚：这些花里面有一棵仙人头，几天后，还开了很大的一朵白花，但是最惹我注意的，却是靠墙长着的一棵枸杞树，已经长得高过了屋檐，枝干苍老钩曲像千年的古松，树皮皱着，色是黝黑的，有几处已经开了裂。幼年在故乡里的时候，常听人说，枸杞是长得非常慢的，很难成为一棵树，现在居然有这样一棵虬干的老枸杞站在我面前，真像梦；梦又掣开了轻渺的网，我这是站在公寓里么？于是，我问公寓的主人，这枸杞有多大年龄了，他也渺茫：他初次来这里开公寓时，这树就是现在这样，三十年来，没有多少变动。这更使我惊奇，我用惊奇的太息的眼光注视着这苍老的枝干在沉默着，又注视着接连着树顶的蓝蓝的长天。

就这样，我每天看书乏了，就总到这棵树底下徘徊。在细弱的枝条上，蜘蛛结了网，间或有一片树叶儿或苍蝇蚊子之流的尸体粘在上面。在有太阳和灯火照上去的时候，这小小的网也会反射出细弱的清光来。倘若再走近一点，你又可以看到有许多叶上都爬着长长的绿色的虫子，在爬过的叶上留了半圆缺口。就在这有着缺口的叶片上，你可以看到各样的斑驳陆离的彩痕。对了这彩痕，你可以随便想到什么东西，想到地图，想到水彩画，想到被雨水冲过的墙上的残痕，再玄妙一点，想到宇宙，想到有着各种彩色的迷离的梦影。这许许多多的东西，都在这小的叶片上呈现给你。当你想到地图的时候，你可以任意指定一个小的黑点，算作你的故乡。再大一点的黑点，算作你曾游过的湖或山，你不是也可以在你心的深处浮起点温热的感觉么？这苍老的枸杞树就是我的宇宙。不，这叶片就是我的全宇宙。我替它把长长的绿色的虫子拿下来，摔在地上，对了它，我描画给自己种种涂着彩色的幻想，我把我的童稚的幻想，拴在这苍老的枝干上。

在雨天，牛乳色的轻雾给每件东西涂上一层淡影。这苍黑的枝干更显得黑了。雨住了的时候，有一两个蜗牛在上面悠然地爬着，散步似的从容，蜘蛛网上残留的雨滴，静静地发着光。一条虹从北屋的脊上伸展出去，像拱桥不知伸到什么地方去了。这枸杞的顶尖就正顶着这桥的中心。不知从什么地方来的阴影，渐渐地爬过了西墙，墙隅的蜘蛛网，树叶浓密的地方仿佛把这阴影捉住了一把似的，渐渐地黑起来。只剩了夕阳的余晖返照在这苍老的枸杞树的圆圆的顶上，淡红的一片，熠耀着，俨然如来佛头顶上金色的圆光。

以后，黄昏来了，一切角隅皆为黄昏占领了。我同几个朋友出去到西单一带散步。穿过了花市，晚香玉在薄暗里发着幽香。不知在什么时候，什么地方，我曾读过一句诗："黄昏里充满了木樨花的香。"我觉得很美丽。虽然我从来没有闻到过木樨花的香，虽然我明知道现在我闻到的是晚香玉的香，但是我总觉得我到了那种飘渺的诗意的境界似的。在淡黄色的灯光下，我们摸索着转进了幽黑的小胡同，走回了公寓。这苍老的枸杞树只剩下了一团凄迷的影子，靠了北墙站着。

跟着来的是个长长的夜。我坐在窗前读着预备考试的功课。大头尖尾的绿色小虫，在糊了白纸的玻璃窗外有所寻觅似的撞击着。不一会，一个从缝里挤进来了，接着又一个，又一个。成群的围着灯飞。当我听到卖"玉米面饽饽"戛长的永远带点儿寒冷的声音，从远处的小巷里越过了墙飘了过来的时候，我便捻熄了灯，睡下去。于是又开始了同蚊子和臭虫的争斗。在静静的长夜里，忽然醒了，残梦仍然压在我心头，倘若我听到又有窸窣的声音在这棵苍老的枸杞树周围，我便知道外面又落了雨。我注视着这神秘的黑暗，我描画给自己：这枸杞树的苍黑的枝干该变黑了罢；那匹蜗牛有所趋避该匆匆地在向隐僻处爬去罢；小小的圆的蜘蛛网，该又捉住雨滴了罢，这雨滴在黑夜里能不能静静地发着光呢？我做着天真的童话般的梦。我梦到了这棵苍老的枸杞树。——这枸杞树也做梦么？第二天早起来，外面真的还在下着雨。空气里充满了清新的沁人心脾的清香。荷叶上顶着珠子似的雨滴，蜘蛛网上也顶着，静静地发着光。

在如火如荼的盛夏转入初秋的澹远里去的时候，我这种诗意的又充满了稚气的生活，终于也不能继续下去。我离开这公寓，离开这苍老的枸杞树，移到清华园里来。到现在差不多四年了。

这园子素来是以水木著名的。春天里，满园里怒放着红的花，远处看，红红的一片火焰。夏天里，垂柳拂着地，浓翠扑上人的眉头。红霞般爬山虎给冷清的深秋涂上一层凄艳的色彩。冬天里，白雪又把这园子安排成为一个银的世界。在这四季，又都有西山的一层轻渺的紫气，给这园子添了不少的光辉。这一切颜色：红的，翠的，白的，紫的，混合地涂上了我的心，在我心里幻成一幅绚烂的彩画。我做着红色的，翠色的，白色的，紫色的，各样颜色的梦。论理说起来，我在西城的公寓做的童话般的梦，早该被挤到不知什么地方去了。但是，我自己也不了解，在不经意的时候，总有一棵苍老的枸杞树的影子飘过。飘过了春天的火焰似的红花；飘过了夏天的垂柳的浓翠；飘过了红霞似的爬山虎，一直到现在，是冬天，白雪正把这园子装成银的世界。混合了氤氲的西山的紫气，静定在我的心头。在一个浮动的幻影里，我仿佛看到：有夕阳的余晖返照在这棵苍老的枸杞树的圆圆的顶上，淡红的一片，熠耀着，像如来佛头顶上的金光。

1933 年 12 月 8 日雪之下午

海棠花

　　早晨到研究所去的路上，抬头看到人家园子里正开着海棠花，缤纷烂漫地开成一团。这使我想到自己在故乡院子里的那两棵海棠花，现在想也正是开花的时候了。

　　我虽然喜欢海棠花，但却似乎与海棠花无缘。自家院子里虽然就有两棵，枝干都非常粗大，最高的枝子竟高过房顶，秋后叶子落光了的时候，看到尖尖的顶枝直刺着蔚蓝悠远的天空，自己的幻想也仿佛跟着高爬上去，常常默默地看上半天，但是要到记忆里去搜寻开花时的情景，却只能搜到很少几个片段。搬过家来以前，曾在春天到原来住在这里的亲戚家里去讨过几次折枝，当时看了那开得团团滚滚的花朵，很羡慕过一番。但这已经是很久很久以前的事情，现在回忆起来都有点渺茫了。

　　家搬过来以后，自己似乎只在家里待过一个春天。当时开花时的情景，现在已想不真切。记得有一个晚上同几个同伴在家南边一个高崖上游玩。向北看，看到一片屋顶，其中纵横穿插着一条条的空隙，是街道。虽然也可以幻想出一片海浪，但究竟单调得很。可是在这一片单调的房顶中却蓦地看到一树繁花的尖顶，绚烂得像是西天的晚霞。当时我真有说不出的高兴，其中还夹杂着一点渴望，渴望自己能够走到这树下去看上一看。于是我就按着这一条条的空隙数起来，终于发现，那就是自己家里那两棵海棠树。我立刻跑下崖头，回到家里，站在海棠树下，一直站到淡红的花团渐渐消逝到黄昏里去，只朦胧留下一片淡白。

但是这样的情景只有过一次，其余的春天我都是在北京度过的。北京是古老的都城，尽有许多机会可以做赏花的韵事。但是自己却很少有这福气，我只到中山公园去看过芍药，到颐和园去看过一次木兰。此外，就是同一个老朋友在大毒日头下面跑过许多条窄窄的灰土街道到崇效寺去看过一次牡丹；又因为去得太晚了，只看到满地残英。至于海棠，不但是很少看到，连因海棠而出名的寺院似乎也没有听说过。北京的春天是非常短的，短到几乎没有。最初还是残冬，要是接连吹上几天大风，再一看树木都长出了嫩绿的叶子，天气陡然暖了起来，已经是夏天了。

夏天一来，我就又回到故乡去。院子里的两棵海棠已经密密层层地盖满了大叶子，很难令人回忆起这上面曾经开过团团滚滚的花。长昼无聊，我躺在铺在屋里面地上的席子上睡觉，醒来往往觉得一枕清凉，非常舒服。抬头看到窗纸上历历乱乱地布满了叶影。我间或也坐在窗前看点书，满窗浓绿，不时有一只绿色的虫子在上面慢慢地爬过去，令我幻想深山大泽中的行人。蜗牛爬过的痕迹就像是山间林中的蜿蜒的小路。就这样，自己可以看上半天。晚上吃过饭后，就搬了椅子坐在海棠树下乘凉，从叶子的空隙处看到灰色的天空，上面嵌着一颗一颗的星。结在海棠树与檐边中间的蜘蛛网，借了星星的微光，把影子投在天幕上。一切都是这样静。这时候，自己往往什么都不想，只让睡意轻轻地压上眉头。等到果真睡去半夜里再醒来的时候，往往听到海棠叶子窸窸窣窣地直响，知道外面下雨了。

似乎这样的夏天也没有能过几个，六年前的秋天，当海棠树的叶子渐渐地转成淡黄的时候，我离开故乡，来到了德国。一转眼，在这个小城里，就住了这么久。我们天天在过日子，却往往不知道日子是怎样过的。以前在一篇什么文章里读到这样一句话："我们从现在起要仔仔细细地过日子了。"当时颇有同感，觉得自己也应立刻从即时起仔仔细细地过日子了。但是过了一些时候，再一回想，仍然是有些捉摸不住，不知道日子是怎样过去的。到了德国，更是如此。我本来是下定了决心用苦行者的精神到德国来念书的，所以每天除了钻书本以外，很少想到别的事情。可是现实的情况又不允许我这样做。而且祖国又时来入梦，使我这万里外的游子心情不能平静。就这样，在幻想和现实之间，在祖国和异域之间，我的思想在挣扎着。不知道怎样一来，一下子就过了六年。

哥廷根是有名的花城。来到的第一个春天，这里花之多就让我吃惊。雪刚融化，就有白色的小花从地里钻出来。以后，天气逐渐转暖。一转眼，家家园子里都挤满了花。红的、黄的、蓝的、白的，大大小小，五颜六色，锦似的一片，都不知道是什么时候开放的。山上树林子里，更有整树的白花。我常常一个人在暮春五月到山上去散步。暖烘烘的香气飘拂在我的四周。人同香气仿佛融而为一，忘记了花，也忘记了自己。直到黄昏才慢慢回家。但是我却似乎一直没注意到这里也有海棠花。原因是，我最初只看到满眼繁花，多半是叫不出名字。"看花苦为译秦名"，我也就不译了。因而也就不分什么花什么花，只是眼花缭乱而已。

但是，真像一个奇迹似的，今天早晨我竟在人家园子里看到盛开的海棠花。我的心一动，仿佛刚睡了一大觉醒来似的，蓦地发现，自己在这个异域的小城里住了六年了。乡思浓浓地压上心头，无法排解。

我前面说，我同海棠花无缘。现在我不知道应该怎样说好了。乡思并不是很舒服的事情。但是在这垂尽的五月天，当自己心里填满了忧愁的时候，有这么一团十分浓烈的乡思压在心头，令人感到痛苦。同时我却又有点爱惜这一点乡思，欣赏这一点乡思。它使我想到：我是一个有故乡和祖国的人。故乡和祖国虽然远在天边，但是现在它们却近在眼前。我离开它们的时间愈远，它们却离我愈近。我的祖国正在苦难中，我是多么想看到它呀！把祖国召唤到我眼前来的，似乎就是这海棠花，我应该感激它才是。

想来想去，我自己也糊涂了。晚上回家的路上，我又走过那个园子去看海棠花。它依旧同早晨一样，缤纷烂漫地开成一团。它似乎一点也不理会我的心情。我站在树下，呆了半天，抬眼看到西天正亮着同海棠花一样红艳的晚霞。

1941 年 5 月 29 日于德国哥廷根

叁

思想无界，行者无疆

当全城人民饥肠辘辘，在英国飞机下心里忐忑不安的时候，山林却依旧郁郁葱葱，"依旧烟笼十里堤"。我真爱这样的山林，这里真成了我的世外桃源了。

在饥饿地狱中

同轰炸并驾齐驱的是饥饿。

我初到德国的时候,供应十足充裕,要什么有什么,根本不知饥饿为何物。但是,法西斯头子侵略成性,其实法西斯的本质就是侵略,他们早就扬言:要大炮,不要奶油。在最初,德国人桌子上还摆着奶油,肚子里填满了火腿,根本不了解这句口号的真正意义。于是,全国翕然响应,仿佛他们真不想要奶油了。大概从1937年开始,逐渐实行了食品配给制度。最初限量的就是奶油,以后接着是肉类,最后是面包和土豆。到了1939年,希特勒悍然发动第二次世界大战,德国人的腰带就一紧再紧了。这一句口号得到了完满的实现。

我虽生也不辰,在国内时还没有真正挨过饿。小时候家里穷,一年至多只能吃两三次白面,但是吃糠咽菜,肚子还是能勉强填饱的。现在到了德国,才真受了"洋罪"。这种"洋罪"是慢慢地感觉到的。我们中国人本来吃肉不多，我们所谓"主食"实际上是西方人的"副食"。黄油从前我们根本不吃。所以在德国人开始沉不住气的时候，我还悠哉游哉，处之泰然。但是，到了我的"主食"面包和土豆限量供应的时候，我才感到有点不妙了。黄油失踪以后，取代它的是人造油。这玩意儿放在汤里面，还能呈现出几个油珠儿。但一用来煎东西，则在锅里嗞嗞几声，一缕轻烟，油就烟消云散了。在饭馆里吃饭时，要经过几次思想斗争，从战略观点和全局观点反复考虑之后，才请餐馆服务员（Herr Ober）"煎"掉一两肉票。倘在汤碗里能发现几滴油珠，则必大声唤起同桌者的注意，大家都乐不可支了。

最困难的问题是面包。少且不说，实质更可怕。完全不知道里面掺了什么东西。有人说是鱼粉，无从否认或证实。反正是只要放上一天，第二天便有腥臭味。而且吃了，能在肚子里制造气体。在公共场合出虚恭，俗话就是放屁，在德国被认为是极不礼貌，有失体统的。然而肚子里带着这样的面包去看电影，则在影院里实在难以保持体统。我就曾在看电影时亲耳听到虚恭之声，此伏彼起，东西应和。我不敢耻笑别人。我自己也正在同肚子里过量的气体做殊死斗争，为了保持体面，想把它镇压下去，而终于还以失败告终。

但是也不缺少令人兴奋的事：我打破了记录，是自己吃饭的记录。有一天，我同一位德国女士骑自行车下乡，去帮助农民摘苹果。在当时，城里人谁要是同农民有一些联系，别人会垂涎三尺的，其重要意义决不亚于今天的走后门。这一位女士同一户农民挂上了钩，我们就应邀下乡了。苹果树都不高，只要有一个短梯子，就能照顾全树了。德国苹果品种极多，是本国的主要果品。我们摘了半天，工作结束时，农民送了我一篮子苹果，其中包括几个最优品种的；另外还有五六斤土豆。我大喜过望，跨上了自行车，有如列子御风而行，一路青山绿水看不尽，轻车已过数重山。到了家，把土豆全部煮上，蘸着积存下的白糖，一鼓作气，全吞进肚子，但仍然还没有饱意。

"挨饿"这个词儿，人们说起来，比较轻松。但这些人都是没有真正挨过饿的。我是真正经过饥饿炼狱的人，其中滋味实不足为外人道也。我非常佩服东西方的宗教家们，他们对人情世事真是了解到令人吃惊的程度，在他们的地狱里，饥饿是被列为最折磨人的项目之一。中国也是有地狱的，但却是舶来品，其来源是印度。谈到印度的地狱学，那真是博大精深，蔑以加矣。"死鬼"在梵文中叫 Preta，意思是"逝去的人"。到了中国译经和尚的笔下，就译成了"饿鬼"，可见"饥饿"在他们心目中占多么重要的地位。汉译佛典中，关于地狱的描绘，比比皆是。《长阿含经》卷十九《地狱品》的描绘可能是有些代表性的。这里面说，共有八大地狱：第一大地狱名想，其中有十六小地狱：第一小地狱名曰黑沙，二名沸屎，三名五百钉，四名饥，五名渴，六名一铜釜，七名多铜釜，八名石磨，九名脓血，十名量火，十一名灰河，十二名铁丸，十三名斩斧，十四名豺狼，十五名剑树，十六名寒冰。地狱的内容，一看名称就能知道。饥饿在里面占了一个地位。这个饥饿地狱里是什么情况呢？《长阿含经》说：

（饿鬼）到饥饿地狱。狱卒来问："汝等来此，欲何所求？"报言："我饿！"狱卒即捉扑热铁上，舒展其身，以铁钩钩口使开，以热铁丸着其口中，焦其唇舌，从咽至腹，通彻下过，无不焦烂。

这当然是印度宗教家的幻想。西方宗教家也有地狱幻想。在但丁的《神曲》里面也有地狱。第六篇，但丁在地狱中看到一个怪物，张开血盆大口，露出长牙；但丁的引导人俯下身子，在地上抓了一把泥土，对准怪物的嘴，投了过去。怪物像狗一样猖猖狂吠，无非是想得到食物。现在嘴里有了东西，就默然无声了。西方的地狱内容实在太单薄，比起东方地狱来，大有小巫见大巫之势了。

为什么东西方宗教家都幻想地狱，而在地狱中又必须忍受饥饿的折磨呢？他们大概都认为饥饿最难忍受，恶人在地狱中必须尝一尝饥饿的滋味。这个问题我且置而不论。不管怎样，我当时实在是正处在饥饿地狱中，如果有人向我嘴里投掷热铁丸或者泥土，为了抑制住难忍的饥饿，我一定会毫不迟疑地不顾一切地把它们吞了下去，至于肚子烧焦不烧焦，就管不了那样多了。

我当时正在读俄文原文的果戈理的《钦差大臣》。在第二幕第一场里，我读到了奥西普躺在主人的床上独白的一段话：

现在旅馆老板说啦，前账没有付清就不开饭；可我们要是付不出钱呢？（叹口气）唉，我的天，哪怕有点菜汤喝喝也好呀。我现在恨不得要把整个世界都吞下肚子里去。

这写得何等好呀！果戈理一定挨过饿，不然的话，他无论如何也写不出要把整个世界都吞下去的话来。

长期挨饿的结果是，人们都逐渐瘦了下来。现在有人害怕肥胖，提倡什么减肥，往往费上极大的力量，却不见效果。于是有人说："我就是喝白水，身体还是照样胖起来的。"这话现在也许是对的，但在当时却完全不是这样。我的男房东在战争激烈时因心脏病死去。他原本是一个大胖子，到死的时候，体重已经减轻了二三十公斤，成了一个瘦子了。我自己原来不胖，没有减肥的物质基础。但是饥饿在我身上也留下了伤痕：我失掉了饱的感觉，大概有八年之久。后来到了瑞士，才慢慢恢复过来。此是后话，这里不提了。

山中逸趣

　　置身饥饿地狱中，上面又有建造地狱时还不可能有的飞机的轰炸，我的日子比地狱中的饿鬼还要苦上十倍。

　　然而，打一个比喻说，在英雄交响乐的激昂慷慨的乐声中，也不缺少像莫扎特的小夜曲似的情景。

　　哥廷根的山林就是小夜曲。

　　哥廷根的山不是怪石嶙峋的高山，这里土多于石；但是却确又有山的气势。山顶上的俾斯麦塔高踞群山之巅，在云雾升腾时，在乱云中露出的塔顶，望之也颇有蓬莱仙山之概。

　　最引人入胜的不是山，而是林。这一片丛林究竟有多大，我住了十年也没能弄清楚，反正走几个小时也走不到尽头。林中主要是白杨和橡树，在中国常见的柳树、榆树、槐树等，似乎没有见过。更引人入胜的是林中的草地。德国冬天不冷，草几乎是全年碧绿。冬天雪很多，在白雪覆盖下，青草也没有睡觉，只要把上面的雪一扒拉，青翠欲滴的草立即显露出来。每到冬春之交时，有白色的小花，德国人管它叫"雪钟儿"，破雪而出，成为报春的象征。再过不久，春天就真的来到了大地上，林中到处开满了繁花，一片锦绣世界了。

到了夏天，雨季来临，哥廷根的雨非常多，从来没听说有什么旱情。本来已经碧绿的草和树木，现在被雨水一浇，更显得浓翠逼人。整个山林，连同其中的草地，都绿成一片，绿色仿佛塞满了寰中，涂满了天地，到处是绿，绿，绿，其他的颜色仿佛一下子都消逝了。雨中的山林，更别有一番风味。连绵不断的雨丝，同浓绿织在一起，形成一张神奇、迷茫的大网。我就常常孤身一人，不带什么伞，也不穿什么雨衣，在这一张覆盖天地的大网中，踽踽独行。除了周围的树木和脚底下的青草以外，仿佛什么东西都没有，我颇有佛祖释迦牟尼的感觉，"天上天下，唯我独尊"了。

一转入秋天，就到了哥廷根山林最美的季节。我曾在《忆章用》一文中描绘过哥城的秋色，受到了朋友的称赞，我索性抄在这里：

哥廷根的秋天是美的，美到神秘的境地，令人说不出，也根本想不到去说。有谁见过未来派的画没有？这小城东面的一片山林在秋天就是一幅未来派的画。你抬眼就看到一片耀眼的绚烂。只说黄色，就数不清有多少等级，从淡黄一直到接近棕色的深黄，参差地抹在一片秋林的梢上，里面杂了冬青树的浓绿，这里那里还点缀上一星星鲜红，给这惨淡的秋色涂上一片凄艳。

我想，看到上面这一段描绘，哥城的秋山景色就历历如在目前了。

一到冬天，山林经常为大雪所覆盖。由于温度不低，所以覆盖不会太久就融化了；又由于经常下雪，所以总是有雪覆盖着。上面的山林，一部分依然是绿的；雪下面的小草也仍旧碧绿。上下都有生命在运行着。哥廷根城的生命活力似乎从来没有停息过，即使是在冬天，情况也依然如此。等到冬天一转入春天，生命活力没有什么覆盖了，于是就彰明昭著地腾跃于天地之间了。

哥廷根的四时的情景就是这个样子。

从我来到哥城的第一天起，我就爱上了这山林。等到我堕入饥饿地狱，等到天上的飞机时时刻刻在散布死亡时，只要我一进入这山林，立刻在心中涌起一种安全感。山林确实不能把我的肚皮填饱，但是在饥饿时安全感又特别可贵。山林本身不懂什么饥饿，更用不着什么安全感。当全城人民饥肠辘辘，在英国飞机下心里忐忑不安的时候，山林却依旧郁郁葱葱，"依旧烟笼十里堤"。我真爱这样的山林，这里真成了我的世外桃源了。

我不知道有多少次，一个人到山林里来；也不知道有多少次，同中国留学生或德国朋友一起到山林里来。在我记忆中最难忘记的一次畅游，是同张维和陆士嘉在一起的。这一天，我们的兴致都特别高。我们边走，边谈，边玩，真正是忘路之远近。我们走呀，走呀，已经走到了我们往常走到的最远的界限；但在不知不觉之间就走越了过去，仍然一往直前。越走林越深，根本不见任何游人。路上的青苔越来越厚，是人迹少到的地方。周围一片寂静，只有我们的谈笑声在林中回荡，悠扬，遥远。远处在林深处听到柏叶上有窸窣的声音，抬眼一看，是几只受了惊的梅花鹿，瞪大了两只眼睛，看了我们一会，立即一溜烟似的逃到林子的更深处去了。我们最后走到了一个悬崖上，下临深谷，深谷的那一边仍然是无边无际的树林。我们无法走下去，也不想走下去，这里就是我们的天涯海角了。回头走的路上，遇到了雨。躲在大树下，避了一会雨。然而雨越下越大，我们只好再往前跑。出我们意料之外，竟然找到了一座木头凉亭，真是避雨的好地方。里面已经先坐着一个德国人。打了一声招呼，我们也就坐下，同是深林躲雨人，相逢何必曾相识。我们没有通名报姓，就上天下地胡谈一通，宛如故友相逢了。

这一次畅游始终留在我的记忆里，至今难忘。山中逸趣，当然不止这一桩。大大小小、琐琐碎碎的事情，还可以写出一大堆来。我现在一律免掉。我写这些东西的目的，是想说明，就是在那种极其困难的环境中，人生乐趣仍然是有的。在任何情况下，人生也决不会只有痛苦，这就是我悟出的禅机。

论怪论

"怪论"这个名词，人所共知。其所以称之为怪者，一般人都不这样说，而你偏偏这样说，遂成异议可怪之论了。

我却要提倡怪论。

但我也并不永远提倡怪论。

历史的经验告诉我们，一个国家、一个民族，需要不需要怪论，是完全由当时历史环境所决定的。如果强敌压境，外寇入侵，这时只能全民一个声音说话，说的必是驱逐外寇，还我山河之类的话，任何别的声音都是不允许的。尤其是汉奸的声音更不能允许。

国家到了承平时期，政通人和，国泰民安，这时候倒是需要一些怪论。如果仍然禁止人们发出怪论，则所谓一个声音者往往是统治者制造出来的，是虚假的。二战期间德国和意大利的法西斯，是最好的证明。

从世界历史上来看，中国的春秋战国时代，怪论最多。有的甚至针锋相对，比如孟子讲性善，荀子讲性恶，是同一个大学派中的内部矛盾。就是这些异彩纷呈的怪论各自沿着自己的路数一代一代地发展下去，成为中华民族文化的渊源和基础。

与此时差不多的是西方的希腊古代文明。在这里也是怪论纷呈，发展下来，成为西方文明的渊源和基础。当时东西文明两大瑰宝，东西相对，交相辉映，共同照亮了人类文明发展的前途。这个现象怎样解释，多少年来，东西学者异说层出，各有独到的见解。我于此道只是略知一二。在这里就不谈了。

怪论有什么用处呢？

某一个怪论至少能够给你提供一个看问题的视角。任何问题都会是极其复杂的，必须从各个视角对它加以研究，加以分析，然后才能求得解决的办法。如果事前不加以足够的调查研究而突然做出决定，其后果实在令人担忧。我们眼前就有这种例子，我在这里不提它了。

现在，我们国家国势日隆，满怀信心向世界大国迈进。在好多年以前，我曾预言，21世纪将是中国的世纪。当时我们的国力并不强。我是根据近几百年来欧美依次显示自己的政治经济力量、科技发展的力量和文化教育的力量而得出的结论。现在轮到我们中国来显示力量了。我预言，50年后，必有更多的事实证实我的看法，谓予不信，请拭目以待。

我希望，社会上能多出些怪论。

2003 年 6 月 25 日

恐怖主义与野蛮

现在世界上反恐怖主义之声洋洋乎盈耳矣。我首先声明，我是坚决反对恐怖主义的，恐怖主义总是与野蛮相联系的。

但是，我总觉得，这里面似乎有点问题。反恐怖主义活动应该是一场严肃的政治斗争。事实上，它却变成了一场闹剧，或者一出滑稽剧。因为，什么叫"恐怖主义"？谁是恐怖主义分子？大家的理解并不一致，其中有不同的看法和不同的意见。有的人不肯说，有的人不敢说。我想，虽然世界上绝大多数政府都宣称反恐怖主义；但是，并不是没有潜台词的。

不这样也是不可能的。对于什么是恐怖主义，有一半是有一致的看法的。劫持飞机，用人体作肉弹轰炸别国的摩天大楼，死伤数千人，这是不折不扣的恐怖主义，对此恐怕是没有异议的。可是右手持大棒，左手托原子弹，驻军全球，随意指责别的国家为"邪恶轴心"，随意派遣军队侵入别的国家，杀人当然不在话下，而自己还义形于道，恬不知耻。难道这不也是恐怖主义，而且比恐怖主义更恐怖的超恐怖主义吗？是谁给你们的这种权力？难道就是你们的上帝吗？世界上的政府和人民，并不是每一个都失掉了理智，他们能够明辨是非。

我必须在这里浓墨重彩地补上几句。这个国家的人民，同世界上其他国家的一样，也是有理智的，也是希望自己能过好日子也希望别人能过好日子的。

至于恐怖主义与野蛮的联系，那也是非常明显的，很容易理解的。拿活人当肉弹冲击别国的大厦，这不是野蛮又是什么呢？手托原子弹讹诈世界上其他国家的人，随意践踏别的国家，视人民如群蚁，我认为，这不但是野蛮，而且是比前一个野蛮更为野蛮的野蛮。

但是，我认为，野蛮是有区别的。我杜撰了两个词儿：正义的野蛮与非正义的野蛮。仗义执言，反对强凌弱、众暴寡的"西霸天"一类的国家，不得已而采用野蛮的手段，虽为我们反对，但不能不以"正义"二字归之。至于手托原子弹吓唬世人的野蛮，我只能称之为"非正义"的野蛮了。

世界已经进入 21 世纪，人类已经有了长期的文明发展的历史。按理说，野蛮行为应该绝迹了，然而事实却不是这样。说句公道话，两个野蛮产生根源是不同的。正义的野蛮是被非正义的野蛮激发出来的。我虽然坚决反对，但却不能不认为情有可原。非正义的野蛮则一无是处。他们胡作非为，反而洋洋自得。中国古人说："多行不义必自毙。"这是根据无数历史事实归纳出来的真理，决不会落空的。回头是岸，是我对那些非正义野蛮者一句最后的忠告。

2002 年 6 月 21 日

爱国与奉献

最近清华大学和北京同方文化发展有限公司共同推出了大型电视专题片《我愿以身许国》暨《科学家的故事》。我参加了首映式。前者讲的是"两弹一星"23位科学家的故事，后者讲的是中国其他将近一百位科学家的故事，二者实相联系，合成一体。我看了后大为兴奋，大为震动，大为欣悦，大为感激，简直想手舞足蹈了。我们要感谢以顾秉林校长为首的清华大学的校领导，感谢同方文化发展有限公司的徐林旗总经理。没有他们的努力，这两部电视片是完成不了的。我欢呼这部优秀的电视专题片的诞生。我相信，将来当这部电视片在全国放映的时候，会有成千上万的观众参加到我们欢呼的行列里来的。

这两部片子的意义何在呢？

我归纳为两点：爱国与奉献。以爱国主义的情操来推动奉献精神；以奉献的实际行动来表达爱国主义的情操。二者紧密相联，否则爱国主义只是一句空话，而奉献则成为无源之水，无本之木。

爱国主义是中华民族的优秀传统，历数千年而未衰。原因是中国历代都有外敌窥伺，屠我人民，占吾土地，从而激起了我们民族的爱国义愤，奋起抵抗，前赴后继，保存了我们国家的领土完整，维护了我们人民的生命安全，一直到了今天。

到了今天，我们国家虽然仍然处于发展中国家行列中，但是早已换了人间，我们在众多方面取得了令人瞩目的成绩，在全世界普遍的经济不景气的气氛中，我们却一枝独秀。我们国家在世界民族之林中的地位日益崇高。没有我国的参加，世界上任何重大问题都是解决不了的。在这样的情况下还有必要大声疾呼地提倡爱国主义吗？

我的意见是：有必要，而且比以前更迫切。我们目前的处境是，从一个弱国逐渐变为一个强国。我们是一个有13亿人口的大国。这种转变会引起周边一些国家的不安。虽然我们国家的历届领导人都昭告天下：我们决不会侵略别的国家，但是我们也决不会听任别的国家侵略我们。这样的话，他们是听不进去的。特别是那一个狂舞大棒，以世界警察自居，肆意干涉别国内政的大国，更是视我国为眼中钉。在这样的情况下，我认为，我们"国歌"中的一句话："中华民族到了最危急的时候"，还有其现实的意义。

因此，我们眼前发扬爱国主义精神，不但不能削弱，而且更应加强。我们还要把爱国与奉献紧密结合起来。如果没有"两弹一星"的元勋们的无私奉献精神和行动，如果我们今天仍然没有"两弹一星"，我们的日子怎样过呀！那一个大国能像现在这样比较克制吗？说不定踏上我国土地的不仅是 20 世纪三四十年代打着膏药旗的侵略者，还会有打着另外一种旗帜的侵略者。

想到这里，我们不能不缅怀 23 位"两弹一星"的元勋们以及他们的助手们的丰功伟绩。他们长期从家中"失踪"，隐姓埋名，躲到沙漠深处，战严寒，斗酷暑，忍受风沙的袭击，奋发图强，终于制造出来了"两弹一星"，成了中国人民的新的万里长城。他们把爱国与奉献紧密地结合起来。他们是我们学习的楷模。我是不是过分夸大了"两弹一星"的作用呢？决不是。以那个大国为首的力图阻碍我们前进的国家，都是唯武器论者。他们怕的只是你手中的真家伙。希望我们全国人民认真学习"两弹一星"的元勋们，也把爱国与奉献紧密结合起来。我们将成为世界大国是历史的必然，是谁也阻挡不住的。

2002 年 5 月 2 日

一个预言的实现

大约在十几二十年前，我曾讲过一个预言：21 世纪将是中国的世纪。

我没有研究过新兴科学预言学，我也不会算卦占卜，我不是季铁嘴、季半仙，但也并非全无根据。我根据的只是一点类似地缘政治学的世界历史地理常识。

我发现，在这个地球村中，每一个时代都有自己的政治经济文化中心，有的在东方，有的在西方，存在的时间长短不一，影响的程度也深浅不一。而这个中心不是一成不变的，而是有规律地变动着。拿最近几百年的世界史来看，就可以看出下面的规律：17、18 世纪，它是在欧洲大陆法、德等国，19 世纪在英国，20世纪在美国，21 世纪按规律应该在中国。所以我说：21 世纪将是中国人民的世纪。这决不是无知妄言，也不出于狭隘的爱国主义，而是规律使然。可在当时，颇有一些什么什么之士嗤之以鼻。我并不在乎，是嗤之以鼻，还是嗤之以屁股，那是他们的事，与我无干。

值得庆幸的事是，我在十几二十年前提出来的预言完全说对了。中华民族所固有的大气磅礴的创造力，被种种内在的和外在的力量堵塞了几百年；现在，一旦乘机迸发，有如翻江倒海，势不可挡。例子多得不胜枚举。我只举一个看似虽小而意义实大的例子："中国制造"（made in China）的商品现在流传全世界，包括美国在内，这在以前无论如何也是难以想象的。中国报刊以"中国和平崛起，世界拍案惊奇"等类的词句来表达这种感情。

中国人不喜欢"老王卖瓜，自卖自夸"。认为这是没有出息的事。我现在从外国请一位贵宾来，帮着夸上几句。英国前外交大臣杰弗里·豪曾说过几句话："过去 25 年，中国发生了巨大变化，它不仅确立了自己是国际社会一个稳定且负责任的成员的地位，它的政治制度及人民的聪明才智和能量已经产生了举世瞩目的经济成就，绝大多数人的生存条件和日常生活大大改善。"这一位英国绅士肯说几句真话，值得我们钦佩。我引用他的话来抹掉自己的自卖自夸之嫌。

2004 年 2 月 13 日

师生之间

　　我前后在北京住了二十多年，前一段是当学生，后一段是当老师。一直当到现在，而且看样子还要当下去。因此，如果有人问我，抚今追昔，在北京什么事情使我感触最深，我首先想到的就是师生之间的关系。

　　师生之间的关系是古老的关系了。在过去，曾把老师归入五伦；又把老师与天、地、君、亲并列，师道尊严可谓至矣尽矣。至于实际情况究竟怎样，余生也晚，没有亲身赶上，不敢乱说。

　　等到我上小学的时候，学校已经改成了新式的学校，不是从《百家姓》《三字经》念起，而是念人、手、足、刀、尺了。表面上，学生对老师还是很尊敬的。见了面，老远就鞠躬如也，像避猫鼠似的躲在一旁。从来也不给老师提什么意见，那在当时是不可能想象的。老师对学生是严厉的，"教不严，师之惰"，不严还能算是老师吗？结果是学生经常受到体罚，用手拧耳朵，用戒尺打手心，是最常用的方式。学生当然也有受不了的时候。于是，连十二三岁的中小学生也只好铤而走险，起来"革命"了。

我在中小学的时候，曾"革命"两次。一次是对一个图画教员。这人脾气暴烈，伸手就打人。结果我们全班团结一致，把教桌倒翻过来，向他示威。他知难而退，自己辞职不干了。这是一次成功的"革命"。另一次是对一个珠算教员。这人嗜打成性。他有一个规定，打算盘打错一个数打一戒尺。有时候，我们稍不小心就会错上成百的数，那后果就不堪设想了。我们决定全班罢课。可是，因为出了"叛徒"，有几个人留在班上上课。我们失败了，每个人的手心被打得肿了好几天。

到了大学，情况也并没有改变。因为究竟是大学生了，再不被打手心。可是老师的威风依然炙手可热。有一位教授专门给学生不及格。每到考试，他先定下一个不及格的指标。不管学生成绩怎样，指标一定要完成。他因此就名扬全校，成了"名教授"了。另一位教授正相反。他考试时预先声明，十题中答五题就及格，多答一题加十分。实际上他根本不看卷子，学生一交卷，他马上打分。无不及格，皆大欢喜。如果有人在他面前多站一会，他立刻就问："你嫌少吗？"于是大笔一挥，再加十分。

至于教学态度，好像当时根本就没有这样的概念。教学大纲和教案，更是闻所未闻。教授上堂，可以信口开河。谈天气，可以；骂人，可以；讲掌故，可以；扯闲话，可以。总之，他愿意怎样就怎样，天上天下，唯我独尊，谁也管不着。有的老师竟能在课堂上睡着。有的上课一年，不和同学说一句话。有的在八个大学兼课，必须制定一个轮流请假表，才能解决上课冲突的矛盾。当然并不是每一个教授都是这样，勤勤恳恳诲人不倦的也有。但是这种例子是很少的。

老师这样对待学生，学生当然也这样对待老师。师生不是互相利用，就是互相敌对。老师教书为了吃饭，或者升官发财。学生念书为了文凭。师生关系，说穿了就是这样。

终于来了1949年。这是北京师生关系史上划时代的一年，是值得大书特书的一年。

从这一年起，老师在变，学生在变，师生关系也在变。十四年来，我不知道经历过多少令人赞叹感动的事情。我不知道有多少夜因欢喜而失眠。当我听到我平常很景仰的一位老先生在七十高龄光荣地参加中国共产党的时候，我曾喜极不寐。当我听到从前我的一位十分固执倔强的老师受到表扬的时候，我曾喜极不寐。至于我身边的同事和同学，他们踏踏实实地向着新的方向迈进，日新月异；他们身上的旧东西愈来愈少，新东西愈来愈多。我每次出国，住上一两个月，回来后就觉得自己落后了。才知道，我们祖国，我们的老师和学生，是用着多么快速的步伐前进。

现在，老师上课都是根据详细的大纲和教案，这都是事前讨论好的，决不能信口开河。老师们关心同学的学习，有时候还到同学宿舍里去辅导或者了解情况。备课一直到深夜。每当夜深人静我走过校园的时候，就看到这里那里有不少灯光通明的窗子。我知道，老师们正在查阅文献，翻看字典。要想送给同学一杯水，自己先准备下一桶。老师们谁都不愿提着空桶走上课堂。

　　而学生呢？他们绝大多数都能老师指到哪里，他们做到哪里。他们刻苦学习，认真钻研。我曾在一个黑板报上看到一个学生填的词，其中有两句："松涛声低，读书声高。"描写学生高声朗读外文的情景，是很生动的，也是能反映实际情况的。今天，老师教书不是为了吃饭，更不是为了升官发财。学生念书，也不是为了文凭。师生有一个共同的伟大的目标。他们既是师生，又是同志。这是几千年的历史上从来没有，也不可能有的现象。

　　如果有人对同学们谈到我前面写的情况，他们一定会认为是神话，或是笑话，他们决不会相信的。说实话，连我自己回想起那些事情来，都有恍如隔世之感，何况他们从来没有经历过呢？然而，这都是事实，而且还不能算是历史上的事实，它们离开今天并不远。抚今追昔，我想到师生之间的关系的变化而感慨万端，不是很自然吗？

　　想到这些，也是有好处的。它能使我们更爱新中国，更爱新北京，更爱今天。

　　我要用无限的热情歌颂新北京的老师，我要用无限的热情歌颂新北京的学生。

1963 年 4 月 7 日

天人合一，文理互补 ①

各位贵宾、老师们、同学们：

让我坐着讲，是一种特权，因为我已经超过九十岁了，所以我安然享受这种特权。

今天我讲两个问题：第一个问题是 21 世纪全人类所面临的最重要的问题是什么。第二个是理科和文科互相渗透的问题。对这两个问题我都是野狐谈禅，也可能是胡说八道，请大家"批判"。

第一个问题，21 世纪我们所面临的最重要的问题是什么？不但在中国，而且在全世界，大家可能有多种想法，现在我谈我自己的想法。大概若干年以来，究竟多少年没有计算过，我们这个地球村里面，自然界发生了很多过去没有或者比较罕见的现象，比如气候变暖、淡水缺乏、生态平衡破坏、人口爆炸、动植物灭绝、臭氧层出洞、洪水泛滥、新疾病产生等等。我们自己想一想，这

---

① 本篇为在首届北京大学文科论坛上的讲话，原系记录整理稿，全文经过作者本人审定。

些问题，如果有一个解决不了，我们人类的前途和发展就有困难。比如水，我们从来没有想到水会发生问题。北大就是一个例子。最近，我看了一篇文章讲：如果现在发生了世界大战，大家不是争油，而是争水。由此可见水的重要性。

这些问题是怎么来的呢？我先举两句话，一句是德国的伟大诗人歌德说的："大自然从未犯错误，犯错误的是人。"第二句是伟大的思想家恩格斯讲的："我们不要过分陶醉于我们对大自然的胜利，每一次胜利，自然界对我们都进行了报复。"这两句话很值得我们品味。第一句是说，自然界不犯错误，问题总发生在人的身上。第二句呢，自然界会报复。我前面举的许许多多的自然现象就是自然界对我们的报复。是不是该这样理解？

为什么自然界对我们报复呢？中国和欧洲对待自然的态度不同。我们中国讲人与自然应该和谐相处，就是"天人合一"。"天人合一"这个词儿在中国哲学史上是很重要的一个词儿，大家对它的解释很不一样。这是我的一个解释：天就是大自然，人就是人类。大自然与人类要和谐统一，不要成为敌人。宋代大哲学家张载有两句非常著名的话："民，吾同胞；物，吾与也"，简称"民胞物与"，"与"是"伙伴"的意思。这两句话言简意赅，涵义深远。

在欧洲情况有些不同。查一下英文字典，"征服"是"conquer"，举的例子是"conquer the nature"，把自然看作是敌对的，否则怎么会谈到"征服"呢？最近几百年来科学技术的发展，应该说，给人类带来了很大的福利。今天我们开会的这个地方，在以前能够想象吗？这就是西方科学技术带给我们的福利。但带给我们福利的同时，也产生了上面提到的诸多问题。他们以为自然是个奴隶，是可以征服的。这种想法和事实不符。刚才我说的那些现象就证明自然不能征服。我个人认为，这些问题或弊端之所以产生，其根源就在于"征服自然"。

那怎么办呢？我们人类的衣食住行所有的东西都是从大自然来的，我们只能向大自然伸手要，我们才能活。否则，我们就活不下去。不征服怎么办呢？只有一条路，就是：我们和自然作朋友，天人要合一。

中国古代也有征服自然的想法，荀子想制天，想能够胜天，能够战胜自然。但现在事实证明，你想征服自然，你想制天，必定为天所制。

天人合一不限于中国。在印度也是讲天人合一的，讲个人与宇宙是统一的。印度古代婆罗门教有一句著名的话：tat tvam asi。tat 就是英文的 that，指的是宇宙、大自然。tvam 意思是"你"，asi 的意思是"是"。这一句话的意思就是"你就是那个"，"you are that"，也就是"你与宇宙大自然是一体的"，这也就是中国的"天人合一"。

我归纳东方文化的特点是天人合一。我们讲人和自然是一致的，不是敌对的。

第二个问题是文科和理科的问题。回顾一下北京大学校史，大概是 1917 年（具体的年份记不清楚了，发表的地方也需再查），蔡元培校长当时提出了一个意见：文科的学生必须学一门理科的课。这个意见后来怎么执行的呢？1917 年，当时我只有 6 岁，不知道。后来，1930 年，我考北大，考清华。当时北大出的国文题目非常奇怪："何谓科学方法，试分析详论之"，这不像一个国文题。当时我听说北大文科的学生必须学一门科学方法的课来代替理科的课。文科的学生是文科高中毕业的，对理科实在很隔膜，所以文科学生必须学一门理科的课。当时就有一本书叫《科学方法论》，作者是化学家王星拱。

清华大学的做法不一样。清华大学出的国文题目是"梦游清华"。从这两个题目就可以看出来，北大和清华的校风很不一样。

当时我两个学校都考上了，因为想出国，想镀金，所以选了清华。那时我们出国和今天的不大一样，我们出国都想回来的，在国外镀镀金回来为国家服务。

我到了清华，学校要求文科的学生必选一门理科的课。如实在有困难的话，可用逻辑代替。当时教授不是太多，哲学系的三个教授，金岳霖、冯友兰、张崧年，都开了逻辑课。所以我们都用逻辑代替了。

蔡校长的想法是非常了不起的，但是我觉得我们的做法并没有体现出蔡校长原来的想法。将来怎么办？将来是否能体现？我们已经进入了 21 世纪，现在已是 21 世纪的第一年，新千年的第一年，文科和理科的关系怎么处理？刚才何芳川副校长讲的一句话叫文理互补。文科来补理科，理科来补文科。这句话讲得非常好。我想是不是可以再进一步，文理不但互补，而且互相渗透。这就非常困难啦。

我理科的知识不如在座的各位同学，具体我讲不出来，只有胡思乱想。

互补怎样补法呢？一个是文科学生学一点理科的课，比如学哲学的要学一门理科的课。不仅要互补，还要互相渗透。21世纪要发展社会科学，推进理论创新，非文理结合不可。新世纪才过了十个月，还有九十九年零两个月，大家可以有很多的时间来考虑这个问题。

现在报纸上老讲网络与基因。理科同学可能理解的多一些，文科的可能理解的少一些。我是外行，不懂。有一天我突然看到一篇文章，说基因有坏基因，好基因，有善有恶，这就比较有趣了。

我们中国哲学讲性恶性善。孟子讲性善，荀子讲性恶。讲了几千年，不是讲性善的就是讲性恶。当时，我自己有一个想法，就是性不能有善，什么原因呢？人就是动物，动物都有本能。鲁迅把本能归纳为：第一要温饱，第二要发展，第三要传宗接代。动物植物都这样。北大有一种草，你走过就会粘到你身上。这是干嘛？目的为传宗接代。桃为什么是甜的？苦的不好吗？甜的，人吃了以后，把桃核丢出去，传宗接代。动植物都有这种本能。中外的圣人都讲究道义，说一个人的本能不能过分发展，不能影响别人。影响别人，这个社会就无法存在。我们要自由，将北京的红绿灯都去掉，够自由了吧？但是，这样北京能存在一天吗？汽车不相撞吗？影响别人，你自己也发展不了。

基因有好的坏的。我家有个亲戚，四代包括外孙都长得很漂亮，这是为什么，别的家族没有这么漂亮。这是不是好基因，我不知道。

　　清华有两位大家，一位是大物理学家李政道，也是北大的教授；一位是大画家吴冠中，刚在中国美术馆搞了一个科学与艺术展，还出了一本书。展览会和书我都看了，说的是艺术和科学的相通之处。《光明日报》登过一个书评，评《物理学与艺术》，讲的是同一个问题。开座谈会时，北大物理系的一位教授参加了。我看了一下他们讨论的结果。人文科学和自然科学绝不像以前讲的那样泾渭分明。从一部科学史可以看到，科学越来越深化，越来越分化。最早的时候，只有哲学，后来分出物理、化学，再后来生物化学、物理化学等边沿学科越来越多。到了 21 世纪，我想边沿学科还要增加，增加的同时文科和理科的互相渗透能不能达到？我想真要创新，应该从这地方创起。

2001 年 11 月 2 日

漫谈伦理道德

　　现在，"以德治国"的口号已经响彻祖国大地。大家都认为，这个口号提得正确，提得及时，提得响亮，提得明白。但是，什么叫"德"呢？根据我的观察，笼统言之，大家都理解得差不多。如果仔细一追究，则恐怕是言人人殊了。

　　我不揣谫陋，想对"德"字进一新解。

　　但是，我既不是伦理学家，对哲学家们那些冗见别扭的分析阐释又不感兴趣。我只能用自己惯常用的野狐谈禅的方法来谈这个问题。既称野狐，必有其不足之处；但同时也必有其优越之处，他没有教条，不见框框，宛如天马行空，驰骋自如，兴之所至，灵气自生，谈言微中，搔着痒处，恐亦难免。坊间伦理学书籍为数必多，我一不购买，二不借阅，唯恐读了以后，"污染"了自己观点。

　　近若干年以来，我一直在考虑一个问题。人生一世，必须处理好三个关系：第一，人与大自然的关系，也就是天人关系；第二，人与人的关系，也就是社会关系；第三，个人身、口、意中正确与错误的关系，也就是修身问题。这三个关系紧密联系，互为因果，缺一不可。这些说法也许有人认为太空洞，太玄妙。我看有必要分别加以具体的说明。

首先谈人与大自然的关系。在人类成为人类之前，他们是大自然的一个不可或缺的组成部分。等到成为人类之后，就同自然闹起独立性来，把自己放在自然的对立面上。尤有甚者，特别是在西方，自从产业革命以后，通过所谓发明创造，从大自然中得到了一些甜头，于是诛求无餍，最终提出了"征服自然"的口号。他们忘记了一个基本事实，人类的衣、食、住、行的所有的资料都必须取给于大自然。大自然不会说话，"天何言哉！"但是却能报复。恩格斯说过："我们不能过分陶醉于我们对自然界的胜利，对于每一次这样的胜利，自然界都报复了我们。"在一百多年以前，大自然的报复还不十分明显，恩格斯竟能说出这样准确无误又含意深远的话，真不愧是马克思主义伟大的奠基人之一！到了今天，大自然的报复已经十分明显，怵目惊心，举凡臭氧出洞、温室效应、全球变暖、淡水短缺、生态失衡、物种灭绝、人口爆炸、资源匮乏、新疾病产生、旧环境污染，如此等等，不胜枚举。其中哪一项如果得不到控制都能影响人类的生存前途。到了这样危机关头，世界上一些有识之士才憬然醒悟，开了一些会，采取了一些措施。世界上一些国家的领导人也知道要注意环保问题了。这都是好事；但是，根据我个人的看法，还都是不够的。

我们必须努力发出狮子吼，对全世界振聋发聩。

其次，我想谈一谈人与人的关系。自从人成为人以后，就逐渐形成了一些群体，也就是我们现在称之为社会的组织。这些群体形形色色，组织形式不同，组织原则也不同。但其为群体则一也。人与人之间，有时候利益一致，有时候也难免产生矛盾。举一个极其简单的例子，比如讲民主，讲自由，都不能说是坏东西；但又都必须加以限制。就拿大城市交通来说吧，绝对的自由是行不通的，必须有红绿灯，这就是限制。如果没有这个限制，大城市一天也存在不下去。这里撞车，那里撞人，弄得人人自危，不敢出门，社会活动会完全停止，这还能算是一个社会吗？这只是一个小例子，类似的大小例子还能举出一大堆来。因此，我们必须强调要处理好社会关系。

最后，我要谈一谈个人修身问题。一个人，对大自然来讲，是它的对立面；对社会来讲，是它的最基本的组成部分，是它的细胞。因此，在宇宙间，在社会上，一个人所处的地位是十分关键的。一个人在思想、语言和行动方面的正确或错误是有重要意义的。一个人进行修身的重要性也就昭然可见了。

写到这里，也许有人要问：你不是谈伦理道德问题吗，怎么跑野马跑到正确处理三个关系上去了？我敬谨答曰：我谈正确处理三个关系，正是谈伦理道德问题。因为，三个关系处理好，人类才能顺利发展，社会才能阔步前进，个人生活才能快乐幸福，这是最高的道德，其余那些无数的繁琐的道德教条都是从属于这个最高道德标准的，这个道理，即使是粗粗一想，也是不难明白的。如果这三个关系处理不好，就要根据"不好"的程度而定为道德上有缺乏，不道德或"缺德"。严重的"不好"，就是犯罪。这个道理也是容易理解的。

全世界都承认，中国是伦理道德的理论和实践最发达的国家。中国伦理道德的基础是先秦时期的儒家打下的，在其后发展的过程中，又掺杂进来了一些道家思想和佛家思想，终于形成了现在这样一个伦理体系，仍在支配着我们的社会行动。这个体系貌似清楚，实则是一个颇为模糊的体系。三教信条你中有我，我中有你，决不是泾渭分明的。但仍以儒家为主，则是可以肯定的。

儒家的伦理体系在先秦初打基础时可以孔子和孟子为代表。孔子的学说的中心，也可以说是伦理思想的中心是一个"仁"字。这个说法已为学术界比较普遍地所接受。孟子学说的中心，也可以说伦理思想的中心是"仁""义"二字。对此学术界没有异词。先秦其他儒家的学说，我们不一一论列了。至于先秦以后几千年儒家学者伦理道德的思想，我在这里也不一一论列了。一言以蔽之，他们基本上沿用孔孟的学说，间或有所增益或有新的解释，这是事物发展的必然规律，不足为怪。不这样，反而会是不可思议的。

多少年来，我个人就有个想法。我觉得，儒家伦理道德学说的重点不在理论而在实践。先秦儒家已经安排好了的：格物、致知、诚意、正心、修身、齐家、治国、平天下，是大家所熟悉的。这样的安排极有层次，煞费苦心，然而一点理论的色彩都没有。也许有人会说，人家在这里本来就不想讲理论而只想讲实践的。

我们即使承认这一句话是对的，但是，什么是"仁"，什么是"仁""义"？这在理论上总应该有点交代吧，然而，提到"仁""义"的地方虽多，也只能说是模糊语言，读者或听者并不能得到一点清晰的概念。

秦代以后，到了唐代，以儒家道统传承人自命的大儒韩愈，对伦理道德的理论问题也并没有说清楚。他那一篇著名的文章《原道》一开头就说："博爱之谓仁，行而宜之之谓义，由是而之焉之谓道，足乎己勿待于补之谓德。"句子读起来铿锵有力，然而他想什么呢？他只有对"仁"字下了一个"博爱"的定义，而这个定义也是极不深刻的。此外几乎全是空话。"行而宜之"的"宜"意思是"适宜"，什么是"适宜"呢？这等于没有说。"由是而之焉"的"之"字意思是"走"。"道"是人走的道路，这又等于白说。至于"德"字，解释又是根据汉儒那一套"德者得也"。读了仍然是让人莫明其妙。至于其他朝代的其他儒家学者对仁义道德的解释更是五花八门，莫衷一是。我不是伦理学者，现在也不是在写中国伦理学史，恕我不再一一列举了。

我在上面极其概括地讲了从先秦一直到韩愈儒家关于仁义道德的看法。现在，我忽然想到，我必须做一点必要的补充。我既然认为，处理好天人关系在道德范畴内居首要地位，我必须探讨一下，中国古代对于这个问题是怎样看的，换句话说，我必须探讨一下先秦时代一些有代表性的哲学家对天、地、自然等概念是怎样界定的。

首先谈"天"。一些中国哲学史认为，在春秋末期哲学家们争论的主要问题之一是，"天"是否是有人格有意志的神？这些哲学家大体上可以分为两个阵营：一个阵营主张不是，他们认为天是物质性的东西，就是我们头顶的天。这可以老子为代表。汉代《说文解字》的"天，颠也，至高无上"，可以归入此类。一个阵营的主张是，他们认为天就是上帝，能决定人类的命运，决定个人的命运。这可以孔子为代表。有一些中国哲学史袭用从苏联贩卖过来的办法，先给每一个哲学家贴上一张标签，不是唯心主义，就是唯物主义，把极端复杂的思想问题简单化了。这种做法为我所不取。

老子《道德经》中在几个地方都提到天、地、自然等等。他说："人法地，地法天，天法道，道法自然。"（二十五章）在这一段话里老子哲学的几个重要概念都出现了。他首先提出"道"这个概念，在他以后的中国哲学史上起着重要的作用。这里的"天"显然不是有意志的上帝，而是与"地"相对的物质性的东西。这里的"自然"是最高原则。老子主张"无为"，"自然"不就是"无为"吗？他又说："天地不仁，以万物为刍狗。"（五章）明确说天地是没有意志的。他又说："道之尊，德之贵，夫莫之命而常自然。"（五十一章）道德不发号施令，而是让万物自由自在地成长。总而言之，老子认为天不是神，而是物质的东西。

几乎可以说是与老子形成对立面的是孔子。在《论语》中有许多讲到"天"的地方。孔子虽然说"子不语怪力乱神"；但是，在他的心目中是有神的，只不过是"敬鬼神而远之"而已。"天"在孔子看来也是有人格有意志的神。孔子关于"天"的话我引几条："天何言哉！四时行焉，百物生焉，天何言哉！""天之将丧斯文也，后死者不得与于斯文也；天之未丧斯文也，匡人其如予何！""天生德于予，桓魋其如予何！"等等。孔子还提倡"天命"，也就是天的意志，天的命令，自命为孔子继承人的孟子，对"天"的看法同孔子差不多。那一段常被征引的话："天之将降大任于斯人也，必先苦其心志，劳其筋骨，饿其体肤，空乏其身，行拂乱其所为。所以动心忍性，曾（增）益其所不能。"在这里，"天"也是一个有意志的主宰者。

也被认为是儒家的荀子，对"天"的看法却与老子接近，而与孔孟迥异其趣。他不承认天是有人格有意志的最高主宰者。有的哲学史家说，荀子直接把"天"解释为自然界。我个人认为，这是非常重要也非常正确的解释。荀子主要是在《天论》中对"天"做了许多唯物的解释，我不去抄录。我想特别提出"天养"说："财非其类以养其类，夫是之谓天养。"意思是说人类利用大自然养活自己。这也是很重要的思想。多少年前我曾写过一篇论文《"天人合一"新解》。我当时没有注意到荀子对"天"的解释，所以自命为"新解"，其实并不新了，荀子已先我二千多年言之矣。我的贡献在于结合当前世界的情况把"天人合一"归入道德最高标准而已。这一点我在上面讲天人关系一节中已经讲到，请读者参阅。

我在上面只讲了老子、孔子、孟子和荀子。其他诸子对"天"的看法也是五花八门的。因为同我要谈的问题无关，我不一一论列。我只讲一下墨子，他认为"天"是有意志的，这同儒家的孔孟差不多。

我的补充解释就到此为止。

尽管荀子对"天"的认识已经达了很高的水平，但是支配中国思想界的儒家仍然是保守的。我想再回头分析一下上面已经提到过的格、致等八个层次。前五项都与修身有关，后三项则讲的是社会关系。没有一项是天人关系的。这是什么原因呢？根据我个人肤浅的看法，先秦儒家，大概同一般老百姓一样，觉得天离开人们远，也有点恍兮惚兮，不容易捉摸，而人际关系则是摆在眼前的，时时处处，都会碰上，不注意解决是不行的。我们汉族是一个偏重实际的民族。所以就把注意力大部分用在解决社会关系和个人修身上面了。

几千年来，在中国的封建社会中，有很多形成系列的道德教条，什么仁、义、礼、智、信，什么孝、悌、忠、信、礼、义、廉、耻，如此等等，不一而足。每一个人在社会中的地位也排列得井井有条，比如五伦之类。亲属间的称呼也有条不紊，什么姑夫，舅父，表姑，表舅等等，世界上哪一种语言也翻译不出来，甚至在当前的中国，除了年纪大的一些人以外，年青人自己也说不明白了。《白虎通》的三纲、六纪，陈寅恪先生认为是中国文化精义之所寄，可见中国这一些处理社会关系的准则在他心目中的重要地位了。

上面讲的是社会关系和个人修身问题。至于天人关系，除了先秦诸子所讲的以外，中国历代还有一种说法，就是所谓"天子"，说皇帝是上天的儿子。这种说法对皇帝和臣民都有好处。皇帝以此来吓唬老百姓，巩固自己的地位。臣下也可以适当地利用它来给皇帝一点制约，比如利用日食、月食、彗星出现等等"天变"来向皇帝进谏，要他注意修德，要他注意自己的行动。这对人民多少有点好处。

把以上所讲的归纳起来看，本文中所讲三个关系，第二个关系社会关系和第三个个人修身问题，人们早已注意到了，而且一贯加以重视了。至于天人关系，虽也已注意到，但只是片面讲，其间的关系则多所忽略，特别是对大自然能够报复，则认识比较晚，这情况中西皆然。只是到了西方产业革命以后，西方科技发展迅猛，人们忘乎所以，过分相信人定胜天的力量，以致受到了自然的报复，才出现了恩格斯所说的那种情况。到了今天，世界上一些有识之士，其中包括一些国家领导人，如梦初醒，惊呼"环保"不止。然而，从世界范围来看，并不是每个人都清醒够了。污染大气，破坏生态平衡的举动仍然到处可见。我个人的看法是不容乐观，因此我才把处理好天人关系提高到伦理道德的高标准来加以评断。

从一部人类发展前进的历史来看，三个关系的各自的对立面并不是固定不变的，而是变动不居的。因此制约这些关系的伦理道德教条也不可能一成不变。各个时代，各个民族，各个国家，情况不一，要求不一，道德标准也不可能统一。因此，我们必须提出，对过去的道德标准一定要批判继承。过去适用的，今天未必适用。今天适用的，将来未必适用。在道德教条中有的寿命长，有的寿命短。有的可能适用于全人类，有的只能适用于某一些地区。适用于一切时代，一切地区，万古常青的道德教条恐怕是绝无仅有的。

　　文章已经写得很长，必须结束了。我再着重说明一下，我不是伦理学家，没有研究过伦理学史。我只是习惯于胡思乱想。我常感觉到，中国以及世界上道德教条多如牛毛，如粒粒珍珠，熠熠闪光。可是都有点各自为政，不相贯联。我现在不揣冒昧提出了一条贯串众珠的线，把这些珠子穿了起来。是否恰当？自己不敢说。请方家不吝教正。

2001 年 5 月 25 日

思想家与哲学家

我又有了一个怪论，我想把思想家与哲学家区分开来。

一般人大概都认为，我以前也曾朦朦胧胧地认为，所有的哲学家都是思想家。哪里能有没有思想的哲学家呢？

但是，最近一个时期以来，我的想法有了改变。

古今中外的哲学史告诉我们，哲学家们大抵同史学家差不多，想"究天人之际，通古今之变"，方式稍有不同。哲学家们探讨的是宇宙的根源，人生的真谛，精神与物质的关系，存在和意识的关系，等等。在这些问题上，他们时有精辟之论，颇能令人心折。但是，一旦他们想把自己的理论捏成一个完整的体系的时候——一般哲学家都是有这种野心的，便显露出捉襟见肘，削足适履的窘态。

我心目中的思想家，却不是这个样子。他们对我在上面谈到的那些问题也可能会有自己的看法。但是，他们决不硬搞什么体系，决不搞那一套繁琐的分析，记得有一副旧对联："世事洞明皆学问，人情练达即文章。"我觉得，思想家就是洞明世事，练达人情的人。他们不发玄妙莫测的议论，不写恍兮惚兮的文章，更不幻想捏成什么哲学体系。他们说的话都是中正平和的，人人能懂的。可是让人看了以后，眼睛立即明亮，心头涣然冰释，觉得确实是那么一回事。

空口无凭，试举例以明之。我想举出两个人：一个是已故的陈寅恪先生，一个是健在的王元化先生，都是中国学术界知名的人物。

寅恪先生是史学大师，考据学巨匠。但是，他的考据是与乾嘉诸大师不同的，后者是为考据而考据，而他的考据则是含有义理的，他从来不以哲学家自居。然而他对许多本来应属于哲学范畴的问题的看法却确有独到之处，比如，对"中国文化"，他写道："吾中国文化之定义，见于《白虎通》三纲六纪之说，其意义为抽象理想最高之境，犹希腊柏拉图所谓 Idea 者。"言简意赅，让人看了就懂，非一般专门从事于分析概念的哲学家所能企及。此外，寅恪先生对中国历史研究还有许多人所共知的见解。总之，我认为，寅恪先生不是哲学家，而是思想家。

王元化先生是并世罕见的通儒，他真可以说是学贯中西，古今兼通。他的文章我不敢说是全部都读过，但是读的确实不少。首先让我心悦诚服的是他对五四运动的新看法。五四运动是中国近代史上的一件大事，对它有种种不同的议论和看法，至今仍纷争不休。我自己于无意中也形成了一种看法。但是，读了元化先生论"五四"的文章，我觉得他的看法确实鞭辟入里，高人一筹。
他对当前的许多问题都有自己独特的看法，我从中都能得到启发。
总之，我认为，元化先生不是哲学家，而是思想家。

我崇拜思想家，对哲学家则不敢赞一辞。

2001 年 10 月 7 日

隔膜

　　鲁迅先生曾写过关于"隔膜"的文章，有些人是熟悉的。鲁迅的"隔膜"，同我们平常使用的这个词儿的含义不完全一样。我们平常所谓"隔膜"是指"情意不相通，彼此不了解"。鲁迅的"隔膜"是单方面的以主观愿望或猜度去了解对方，去要求对方。这样做，鲜有不碰钉子者。这样的例子，在中国历史上并不稀见。即使有人想"颂圣"，如果隔膜，也难免撞在龙犄角上，一命呜呼。

　　最近读到韩昇先生的文章《隋文帝抗击突厥的内政因素》(《欧亚学刊》第二期)，其中有几句话："对此，从种族性格上斥责突厥'反复无常'，其出发点是中国理想主义感情性的'义'观念。国内伦理观念与国际社会现实的矛盾冲突，在中国对外交往中反复出现，深值反思。"这实在是见道之言，值得我们深思。我认为，这也是一种"隔膜"。

　　记得当年在大学读书时，适值九一八事件发生，日军入寇东北。当时中国军队实行不抵抗主义，南京政府同时又派大员赴日内瓦国联（相当于今天的联合国）控诉，要求国联伸张正义。当时我还属于隔膜党，义愤填膺，等待着国际伸出正义之手。结果当然是落了空。我颇恨恨不已了一阵子。

在这里，关键是什么叫"义"？什么叫"正义"？韩文公说："行而宜之之谓义。"可是"宜之"的标准是因个人而异的，因民族而异的，因国家而异的，因立场不同而异的。不懂这个道理，就是"隔膜"。

懂这个道理，也并不容易。我在德国住了十年，没有看到有人在大街上吵架，也很少看到小孩子打架。有一天，我看到了，就在我窗外马路对面的人行道上，两个男孩在打架，一个大的十三四岁，一个小的只有七八岁，个子相差一截，力量悬殊明显。不知为什么，两个人竟干起架来。不到一个回合，小的被打倒在地，哭了几声，立即又爬起来继续交手，当然又被打倒在地。如此被打倒了几次，小孩边哭边打，并不服输，日耳曼民族的特性，昭然可见。此时周围已经聚拢了一些围观者。我总期望，有一个人会像在中国一样，主持正义，说一句："你这么大了，怎么能欺负小的呢！"但是没有。最后还是对门住的一位老太太从窗子里对准两个小孩泼出了一盆冷水，两个小孩各自哈哈大笑，战斗才告结束。

这件小事给了我一个重要的教训：在西方国家眼中，谁的拳头大，正义就在谁手里。我从此脱离了隔膜党。

今天，我们的国家和人民都变得更加聪明了，与隔膜的距离越来越远了。我们努力建设我们的国家，使人民的生活水平越来越提高。对外我们决不侵略别的国家，但也决不允许别的国家侵略我们。我们也讲主持正义；但是，这个正义与隔膜是不搭界的。

2001 年 2 月 27 日

勘探自我，
心之彼岸

　　每一个人都有一个"我"，二者亲密无间，因为实际上是一个东西。

　　按理说，人对自己的"我"应该是十分了解的；然而，事实上却不尽然。

我写我

我写我，真是一个绝妙的题目；但是，我的文章却不一定妙，甚至很不妙。

每一个人都有一个"我"，二者亲密无间，因为实际上是一个东西。按理说，人对自己的"我"应该是十分了解的；然而，事实上却不尽然。依我看，大部分人是不了解自己的，都是自视过高的。这在人类历史上竟成了一个哲学上的大问题。否则古希腊哲人发出狮子吼："要认识你自己！"岂不成了一句空话吗？

我认为，我是认识自己的，换句话说，是有点自知之明的。我经常像鲁迅先生说的那样剖析自己。然而结果并不美妙，我剖析得有点过了头，我的自知之明过了头，有时候真感到自己一无是处。

这表现在什么地方呢？

拿写文章做一个例子。专就学术文章而言，我并不认为"文章是自己的好"。我真正满意的学术论文并不多。反而别人的学术文章，包括一些青年后辈的文章在内，我觉得是好的。为什么会出现这种心情呢？我还没得到答案。

再谈文学作品。在中学时候，虽然小伙伴们曾赠我一个"诗人"的绰号，实际上我没有认真写过诗。至于散文，则是写的，而且已经写了六十多年。加起来也有七八十万字了。然而自己真正满意的也屈指可数。在另一方面，别人的散文就真正觉得好的也十分有限。这又是什么原因呢？我也还没得到答案。

在品行的好坏方面，我有自己的看法。什么叫好？什么又叫坏？我不通伦理学，没有深邃的理论，我只能讲几句大白话。我认为，只替自己着想，只考虑个人利益，就是坏。反之能替别人着想，考虑别人的利益，就是好。为自己着想和为别人着想，后者能超过一半，他就是好人。低于一半，则是不好的人；低得过多，则是坏人。

拿这个尺度来衡量一下自己，我只能承认自己是一个好人。我尽管有不少的私心杂念，但是总起来看，我考虑别人的利益还是多于一半的。至于说真话与说谎，这当然也是衡量品行的一个标准。我说过不少谎话，因为非此则不能生存。但是我还是敢于讲真话的。我的真话总是大大地超过谎话。因此我是一个好人。

我这样一个自命为好人的人，生活情趣怎样呢？我是一个感情充沛的人，也是兴趣不老少的人。然而事实上生活了八十年以后，到头来自己都感到自己枯燥乏味，干干巴巴，好像是一棵枯树，只有树干和树枝，而没有一朵鲜花，一片绿叶。自己搞的所谓学问，别人称之为"天书"。自己写的一些专门的学术著作，别人视之为神秘。年届耄耋，过去也曾有过一些幻想，想在生活方面改弦更张，减少一点枯燥，增添一点滋润，在枯枝粗干上开出一点鲜花，长上一点绿叶；然而直到今天，仍然是忙忙碌碌，有时候整天连轴转，"为他人做嫁衣裳"，而且退休无日，路穷有期，可叹亦复可笑！

我这一生，同别人差不多，阳关大道，独木小桥，都走过跨过。坎坎坷坷，弯弯曲曲，一路走了过来。我不能不承认，我运气不错，所得到的成功，所获得的虚名，都有点名不副实。在另一方面，我的倒霉也有非常人所可得者。在那骇人听闻的所谓什么"大革命"中，因为敢于仗义执言，几乎把老命赔上。皮肉之苦也是永世难忘的。

现在，我的人生之旅快到终点了。我常常回忆八十年来的历程，感慨万端。我曾问过自己一个问题：如果真有那么一个造物主，要加恩于我，让我下一辈子还转生为人，我是不是还走今生走的这一条路？经过了一些思虑，我的回答是：还要走这一条路。

1992 年 11 月 16 日

我的座右铭

多少年以来，我的座右铭一直是：

纵浪大化中，

不喜亦不惧。

应尽便须尽，

无复独多虑。

老老实实的、朴朴素素的四句陶诗，几乎用不着任何解释。

我是怎样实行这个座右铭的呢？无非是顺其自然，随遇而安而已，没有什么奇招。

"应尽便须尽，无复独多虑。"（到了应该死的时候，你就去死，用不着左思右想）这句话应该是关键性的。但是在我几十年的风华正茂的期间内，"尽"什么的是很难想到的。在这期间，我当然既走过阳关大道，也走过独木小桥。即使在走独木桥时，好像路上铺的全是玫瑰花，没有荆棘。这与"尽"的距离太远太远了。

到了现在，自己已经九十多岁了。离人生的尽头，不会太远了。我在这时候，根据座右铭的精神，处之泰然，随遇而安。我认为，这是唯一正确的态度。

我不是医生，我想贸然提出一个想法。所谓老年忧郁症恐怕十有八九同我上面提出的看法有关，怎样治疗这种病症呢？我本来想用"无可奉告"来答复。但是，这未免太简慢，于是改写一首打油，题曰"无题"：

　　　　人生在世一百年，
　　　　天天有些小麻烦。
　　　　最好办法是不理，
　　　　只等秋风过耳边。

座右铭（老年时期）

我现在的座右铭是：

> 老骥伏枥，
> 志在十里。
> 烈士暮年，
> 壮心难已。

读起来一副老调，了无新意。其实是有的。即以"志在十里"而论，为什么不写上百里、千里，甚至万里呢？那有多么威武雄壮呀！其实，如果我讲"志在半里"，也是瞎吹。我现在不能走路，活动全靠轮椅，是要别人推的。我说"十里"，是指一个棒小伙子一口气可以达到的长度。

回忆

回忆很不好说，究竟什么才算是回忆呢？我们时时刻刻沿了人生的路向前走着，时时刻刻有东西映入我们的眼里。——即如现在吧，我一抬头就可以看到清浅的水在水仙花盆里反射的冷光，漫在水里的石子的晕红和翠绿，茶杯里残茶在软柔的灯光下照出的几点金星。但是，一转眼，眼前的这一切，早跳入我的意想里，成轻烟，成细雾，成淡淡的影子，再看起来，想起来，说起来的话，就算是我的回忆了。

只说眼前这一步，只有这一点淡淡的影子，自然是迷离的。但是我自从踏到世界上来，走过不知多少的路。回望过去的茫茫里，有着我的足迹叠成的一条白线，一直引到现在，而且还要引上去。我走过都市的路，看尘烟缭绕在栉比的高屋的顶上。我走过乡村的路，看似水的流云笼罩着远村，看金海似的麦浪。我走过其他许许多多的路，看红的梅，白的雪，潋滟的流水，十里稷稷的松壑，死人的蜡黄的面色，小孩充满了生命力的踊跃。我在一条路上接触到种种的面影，熟悉的，不熟悉的。这一切的一切都在我走着的时候，蓦地成轻烟，成细雾，成淡淡的影子，储在我的回忆里。有的也就被埋在回忆的暗陬里，忘了。当我转向另一条路的时候，随时又有新的东西，另有一群面影凑集在我的眼前。蓦地又成轻烟，成细雾，成淡淡的影子，移入我的回忆里，自然也有的被埋在暗陬里，忘了。新的影子挤入来，又有旧的被挤到不知什么地方去幻灭，有的简直就被挤了出去。以后，当另一群更新的影子挤进来的时候，这新的也就追踪了旧的命运。就这样，挤出，挤进，一直到现在。我的回忆里残留着各样的影子，色彩。分不清先先后后，萦混成一团了。

我就带着这萦混的一团从过去的茫茫里走上来。现在抬头就可以看到水仙花盆里反射的水的冷光，水里石子的晕红和翠绿，残茶在灯下照出的几点金星。自然，前面已经说过，这些都要倏地变成影子，移入回忆里，移入这萦混的一团里，但是在未移动以前，这萦混的一团影子说不定就在我的脑海里浮动起来，我就自然陷入回忆里去了——陷入回忆里去，其实是很不费力的事。我面对着当前的事物。不知怎地，迷离里忽然电光似的一掣，立刻有灰蒙蒙的一片展开在我的意想里，仿佛是空空的，没有什么，但随便我想到曾经见过的什么，立刻便有影子浮现出来。跟着来的还不止一个影子，两个，三个，多，更多了。影子在穿梭，在萦混。又仿佛电光似的一掣，我又顺着一条线回忆下去——比如回忆到故乡里的秋吧。先仿佛看到满场里乱摊着的谷子，黄黄的。

再看到左右摆动的老牛的头，飘浮着云烟的田野，屋后银白的一片萩芦。再沉一下心，还仿佛能听到老牛的喘气，柳树顶蝉的曳长了的鸣声。豆荚在日光下毕剥的炸裂声。蓦地，有如阴云漫过了田野，只在我的意想里一恍，在故乡里的这些秋的影子上面，又挤进来别的影子了——红的梅，白的雪，潋滟的流水，十里稷稷的松壑，死人的蜡黄的面色，小孩充满了生命力的踊跃。同时，老牛的影，芦花的影，田野的影，也站在我的心里的一个角隅里。这许多的影子掩映着，混起来。我再不能顺着刚才的那条线想下去。又有许多别的历乱的影子在我的意念里跳动。如电光火石，眩了我的眼睛。终于我一无所见，一无所忆。仍然展开了灰蒙蒙的一片，空空的，什么也没有。我的回忆也就停止了。

　　我的回忆停止了，但是绝不能就这样停止下去的。我仍然说，我们时时刻刻沿着人生的路向前走着，时时刻刻就有回忆萦绕着我们。——再说到现在吧。灯光平流到我面前的桌上，书页映出了参差的黑影，看到这黑影，我立刻想到在过去不知什么时候看过的远山的淡影。玻璃杯反射着清光。看了这清光，我立刻想到月明下千里的积雪。我正写着字。看了这一颗颗的字，也使我想到阶下的蚁群……倘若再沉一下心，我可以想到过去在某处见过这样的山的淡影。在另一个地方也见过这样的影子，纷纷的一团。于是想了开去，想到同这影子差不多的影子。纷纷的一团。于是又想了开去，仍然是纷纷的一团影子。但是同这山的淡影，同这书页映出的参差的黑影却没有一点关系了。这些影子还没幻灭的时候，又有别的影子隐现在他们后面，朦胧，暗淡，有着各样的色彩。再往里看，又有一层影子隐现在这些影子后面，更朦胧，更暗淡，色彩也更繁复。……一层，一层，看上去，没有完。越远越暗淡了下去。到最后，只剩了那么一点绰绰的形象。就这样，在我的回忆里，一层一层地，这许许多多的影子，色彩，分不清先先后后，又萦混成一团了。

我仍然带了这萦混的一团影子走上去。倘若要问：这些影子都在什么地方呢？我却说不清了。往往是这样，一闭眼，先是暗冥冥的一片，再一看，里面就有影子。但再问：这暗冥冥的一片在什么地方呢？恐怕只有天知道吧。当我注视着一件东西发愣的时候，这些影子往往就叠在我眼前的东西上。在不经意的时候，我常把母亲的面影叠在茶杯上。把忘记在什么时候看见的一条长长的伸到水里去的小路叠在 Hölderlin 的全集上。把一树灿烂的海棠花叠在盛着花的土盆上。把大明湖里的塔影叠在桌上铺着的晶莹的清玻璃上。把晚秋黄昏的一天暮鸦叠在墙角的蜘蛛网上，把夏天里烈日下的火红的花团叠在窗外草地上半匍着的白雪上……然而，只要一经意，这些影子立刻又水纹似的幻化开去。同了这茶杯的，这 Hölderlin 全集的，这土盆的，这清玻璃的，这蜘蛛网的，这白雪的，影子，跳入我的回忆里，在将来的不知什么时候，又要叠在另一些放在我眼前的东西上了。

将来还没有来。而且也不好说。但是，我们眼前的路不正引向将来去吗？我看过了清浅的水在水仙花盆里反射的冷光，映在水里的石子的晕红和翠绿，残茶在软柔的灯光下照出的那几点金星。也看过了茶杯，Hölderlin 全集，土盆，清玻璃，蜘蛛网，白雪，第二天我自然看到另一些新的东西，第三天我自然看到另一些更新的东西。第四天，第五天……看到的东西多起来，这些东西都要倏地成轻烟，成细雾，成淡淡的影子，储在我的回忆里吧。这一团紊混的影子，也要更紊混了。等我不能再走，不能再看的时候，这一团也随了我走应当走的最后路。然而这时候，我却将一无所见，一无所忆。这一团影子幻失到什么地方去了呢？随了大明湖里的倒影飘散到茫迷里去了吗？随了远山的淡霭被吸入金色的黄昏里去了吗？说不清；而且也不必说。——反正我有过回忆了。我还希望什么呢？

1934 年 1 月 14 日旧历年元旦灯下

八十述怀

　　我从来没有想到，我能活到八十岁；如今竟然活到了八十岁，然而又一点也没有八十岁的感觉。岂非咄咄怪事！

　　我向无大志，包括自己活的年龄在内。我的父母都没能活过五十；因此，我自己的原定计划是活到五十。这样已经超过了父母，很不错了。不知怎么一来，宛如一场春梦，我活到了五十岁。那时正值所谓三年自然灾害。我流年不利，颇挨了一阵子饿。但是，我是"曾经沧海难为水"，在二次世界大战时，我正在德国，我经受了而今难以想象的饥饿的考验，以致失去了饱的感觉。我们那一点灾害，同德国比起来，真如小巫见大巫；我从而顺利地度过了那一场灾难，而且我当时的精神面貌是我一生最好的时期，一点苦也没有感觉到，于不知不觉中冲破了我原定的年龄计划，度过了五十岁大关。

　　五十一过，又仿佛一场春梦似的，一下子就到了古稀之年，不容我反思，不容我踟蹰。其间跨越了一个"十年浩劫"。我当然是在劫难逃，被送进牛棚。我现在不知道应当感谢哪一路神灵：佛祖、上帝、安拉；由于一个万分偶然的机缘，我没有走上绝路，活下来了。活下来了，我不但没有感到特别高兴，反而时有悔愧之感在咬我的心。活下来了，也许还是有点好处的。我一生写作翻译的高潮，恰恰出现在这个期间。原因并不神秘：我获得了余裕和时间。在浩劫期间，我被打得一佛出世，二佛升天。后来不打不骂了，我却变成了"不可接触者"。在很长时间内，我被分配挖大粪，看门房，守电话，发信件。没有以前的会议，没有以前的发言。没有人敢来找我，很少人有勇气同我谈上几句话。一两年内，没收到一封信。我服从任何人的调遣与指挥。只敢规规矩矩，不敢乱说乱动。然而我的脑筋还在，我的思想还在，我的感情还在，我的理智还在。我不甘心成为行尸走肉，我必须干点事情。二百多万字的印度大史诗《罗摩衍那》，就是在这时候译完的。"雪夜闭门写禁文"，自谓此乐不减羲皇上人。

又仿佛是一场缥缈的春梦，一下子就活到了今天，行年八十矣，是古人称之为耄耋之年了。倒退二三十年，我这个在寿命上胸无大志的人，偶尔也想到耄耋之年的情况：手拄拐杖，白须飘胸，步履维艰，老态龙钟。自谓这种事情与自己无关，所以想得不深也不多。哪里知道，自己今天就到了这个年龄了。今天是新年元旦。从夜里零时起，自己已是不折不扣的八十老翁了。然而这老景却真如古人诗中所说的"青霭入看无"，我看不到什么老景。看一看自己的身体，平平常常，同过去一样。看一看周围的环境，平平常常，同过去一样。金色的朝阳从窗子里流了进来，平平常常，同过去一样。楼前的白杨，确实粗了一点，但看上去也是平平常常，同过去一样。时令正是冬天，叶子落尽了，但是我相信，它们正蜷缩在土里，做着春天的梦。水塘里的荷花只剩下残叶，"留得残荷听雨声"，现在雨没有了，上面只有白皑皑的残雪。我相信，荷花们也蜷缩在淤泥中，做着春天的梦。总之，我还是我，依然故我：周围的一切也依然是过去的一切……

我是不是也在做着春天的梦呢？我想，是的。我现在也处在严寒中，我也梦着春天的到来。我相信英国诗人雪莱的两句话："既然冬天已经到了，春天还会远吗？"我梦着楼前的白杨重新长出了浓密的绿叶；我梦着池塘里的荷花重新冒出了淡绿的大叶子；我梦着春天又回到了大地上。

可是我万万没有想到，"八十"这个数字竟有这样大的威力，一种神秘的威力。"自己已经八十岁了！"我吃惊地暗自思忖。它逼迫着我向前看一看，又回头看一看。向前看，灰蒙蒙的一团，路不清楚，但也不是很长。确实没有什么好看的地方。不看也罢。

而回头看呢，则在灰蒙蒙的一团中，清晰地看到了一条路，路极长，是我一步一步地走过来的，这条路的顶端是在清平县的官庄。我看到了一片灰黄的土房，中间闪着苇塘里的水光，还有我大奶奶和母亲的面影。这条路延伸出去，我看到了泉城的大明湖。这条路又延伸出去，我看到了水木清华，接着又看到德国小城哥廷根斑斓的秋色，上面飘动着我那母亲似的女房东和祖父似的老教授的面影。路陡然又从万里之外折回到神州大地，我看到了红楼，看到了燕园的湖光塔影。令人泄气而且大煞风景的是，我竟又看到了牛棚的牢头禁子那一副牛头马面似的狞恶的面孔。再看下去，路就缩住了，一直缩到我的脚下。

在这一条十分漫长的路上，我走过阳关大道，也走过独木小桥。路旁有深山大泽，也有平坡宜人；有杏花春雨，也有塞北秋风；有山重水复，也有柳暗花明；有迷途知返，也有绝处逢生。路太长了，时间太长了，影子太多了，回忆太重了。我真正感觉到，我负担不了，也忍受不了，我想摆脱掉这一切，还我一个自由自在身。

回头看既然这样沉重，能不能向前看呢？我上面已经说到，向前看，路不是很长，没有什么好看的地方。我现在正像鲁迅的散文诗《过客》中的那一个过客。他不知道是从什么地方走来的，终于走到了老翁和小女孩的土屋前面，讨了点水喝。老翁看他已经疲惫不堪，劝他休息一下。他说："从我还能记得的时候起，我就在这么走，要走到一个地方去，这地方就在前面。我单记得走了许多路，现在来到这里了。我接着就要走向那边去……况且还有声音在前面催促我，叫唤我，使我息不下。"那边，西边是什么地方呢？老人说："前面，是坟。"小女孩说："不，不，不的。那里有许多野百合，野蔷薇，我常常去玩，去看他们的。"

我理解这个过客的心情，我自己也是一个过客。但是却从来没有什么声音催着我走，而是同世界上任何人一样，我是非走不行的，不用催促，也是非走不行的。走到什么地方去呢？走到西边的坟那里，这是一切人的归宿。我记得屠格涅夫的一首散文诗里，也讲了这个意思。我并不怕坟，只是在走了这么长的路以后，我真想停下来休息片刻。然而我不能，不管你愿意不愿意，反正是非走不行。聊以自慰的是，我同那个老翁还不一样，有的地方颇像那个小女孩，我既看到了坟，也看到野百合和野蔷薇。

我面前还有多少路呢？我说不出，也没有仔细想过。冯友兰先生说："何止于米？相期以茶。""米"是八十八岁，"茶"是一百零八岁。我没有这样的雄心壮志。我是"相期以米"。这算不算是立大志呢？我是没有大志的人，我觉得这已经算是大志了。

我从前对穷通寿夭也是颇有一些想法的。"十年浩劫"以后，我成了陶渊明的志同道合者。他的一首诗，我很欣赏：

> 纵浪大化中，
>
> 不喜亦不惧。
>
> 应尽便须尽，
>
> 无复独多虑。

我现在就是抱着这种精神，昂然走上前去。只要有可能，我一定做一些对别人有益的事，决不想成为行尸走肉。我知道，未来的路也不会比过去的更笔直，更平坦。但是我并不恐惧。我眼前还闪动着野百合和野蔷薇的影子。

1991 年 1 月 1 日

九十述怀

　　杜甫诗"人生七十古来稀"，对旧社会来说，这是完全正确的，因为它符合实际情况。但是，到了今天，老百姓却创造了三句顺口溜："七十小弟弟，八十多来兮，九十不稀奇。"这也是完全正确的，因为它符合实际情况。

　　但是，对我来说，却另有一番纠葛。我行年九十矣，是不是感到不稀奇呢？答案是：不是，又是。不是者，我没有感到不稀奇，而是感到稀奇，非常地稀奇。我曾在很多地方都说过，我在任何方面都是一个没有雄心壮志的人，我不会说大话，不敢说大话，在年龄方面也一样。我的第一本帐只计划活四十岁到五十岁。因为我的父母都只活了四十多岁，遵照遗传的规律，遵照传统伦理道德，我不能也不应活得超过了父母。我又哪里知道，仿佛一转瞬间，我竟活过了从心所欲不逾矩之年，又进入了耄耋的境界，要向期颐进军了。这样一来，我能不感到稀奇吗？

但是，为什么又感到不稀奇呢？从目前的身体情况来看，除了眼睛和耳朵有点不算太大的问题和腿脚不太灵便外，自我感觉还是良好的，写一篇一两千字的文章，倚椅可待。待人接物，应对进退，还是"难得糊涂"的。这一切都同十年前，或者更长的时间以前，没有什么两样。李太白诗"高堂明镜悲白发"，我不但发已全白（有人告诉我，又有黑发长出），而且秃了顶。这一切也都是事实，可惜我不是电影明星，一年照不了两次镜子，那一切我都不视不见。在潜意识中，自己还以为是"朝如青丝"哩。对我这样无知无识、麻木不仁的人，连上帝也没有办法。在这样的情况下，我怎么能会不感到不稀奇呢？

但是，我自己又觉得，我这种精神状态之所以能够产生，不是没有根据的。我国现行的退休制度，教授年龄是六十岁到七十岁。可是，就我个人而论，在学术研究上，我的冲刺起点是在八十岁以后。开了几十年的会，经过了不知道多少次政治运动，做过不知道多少次自我检查，也不知道多少次对别人进行批判，最后又经历了"十年浩劫"，"对酒当歌，人生几何？"我自己的一生就是这样白白地消磨过去了。如果不是造化小儿对我垂青，制止了我实行自己年龄计划的话，在我八十岁以前（这也算是高寿了）就"遽归道山"，我留给子孙后代的东西恐怕是不会多的。不多也不一定就是坏事。留下一些不痛不痒，灾祸梨枣的所谓著述，对任何人都没有好处。但是，对我自己来说，恐怕就要"另案处理"了。

在从八十岁到九十岁这个十年内，在我冲刺开始以后，颇有一些值得纪念的甜蜜的回忆。在撰写我一生最长的一部长达八十万字的著作《糖史》的过程中，颇有一些情节值得回忆，值得玩味。在长达两年的时间内，我每天跑一趟大图书馆，风雨无阻，寒暑无碍。燕园风光旖旎，四时景物不同。春天姹紫嫣红，夏天荷香盈塘，秋天红染霜叶，冬天六出蔽空。称之为人间仙境，也不为过。然而，在这两年中，我几乎天天都在这样瑰丽的风光中行走。可是我都视而不见，甚至不视不见。未名湖的涟漪，博雅塔的倒影，被外人视为奇观的胜景，也未能逃过我的漠然，懵然，无动于衷。我心中想到的只是大图书馆中的盈室满架的图书，鼻子里闻到的只有那里的书香。

《糖史》的写作完成以后，我又把阵地从大图书馆移到家中来。运筹于斗室之中，决战于几张桌子之上。我研究的对象变成了吐火罗文 A 方言的《弥勒会见记剧本》。这也不是一颗容易咬的核桃，非用上全力不行。最大的困难在于缺乏资料，而且多是国外的资料。没有办法，只有时不时地向海外求援。现在虽然号称为信息时代，可是我要的消息多是刁钻古怪的东西，一时难以搜寻，我只有耐着性子恭候。舞笔弄墨的朋友，大概都能体会到，当一篇文章正在进行写作时，忽然断了电，你心中真如火烧油浇，然而却毫无办法，只盼喜从天降了，只能听天由命了。此时燕园旖旎的风光，对于我似有似无，心里想到的，切盼的只有海外的来信。如此又熬了一年多，《弥勒会见记剧本》英译本终于在德国出版了。

两部著作完了以后，我平生大愿算是告一段落。痛定思痛，蓦地想到了，自己已是望九之年了。这样的岁数，古今中外的读书人能达到的只有极少数。我自己竟能置身其中，岂不大可喜哉！

我想停下来休息片刻，以利再战。这时就想到，我还有一个家。在一般人心目中，家是停泊休息的最好的港湾。我的家怎样呢？直白地说，我的家就我一个孤家寡人，我就是家，我一个人吃饱了，全家不害饿。这样一来，我应该感觉很孤独了吧。然而并不。我的家庭"成员"实际上并不止我一个"人"。我还有四只极为活泼可爱的，一转眼就偷吃东西的，从我家乡山东临清带来的白色波斯猫，眼睛一黄一蓝。它们一点礼节都没有，一点规矩都不懂，时不时地爬上我的脖子，为所欲为，大胆放肆。有一只还专在我的裤腿上撒尿。这一切我不但不介意，而且顾而乐之，让猫们的自由主义恶性发展。

我的家庭"成员"还不止这样多，我还养了两只山大小校友张衡送给我的乌龟。乌龟这玩意儿，现在名声不算太好，但在古代却是长寿的象征。有些人的名字中也使用"龟"字，唐代就有李龟年、陆龟蒙等等。龟们的智商大概低于猫们，它们决不会从水中爬出来爬上我的肩头。但是，龟们也自有龟之乐，当我向它们喂食时，它们伸出了脖子，一口吞下一粒，它们显然是愉快的。可惜我遇不到惠施，他决不会同我争辩，我何以知道龟之乐。

我的家庭"成员"还没有到此为止，我还饲养了五只大甲鱼。甲鱼，在一般老百姓嘴里叫"王八"，是一个十分不光彩的名称，人们讳言之。然而我却堂而皇之地养在大磁缸内，一视同仁，毫无歧视之心。是不是我神经出了毛病？用不着请医生去检查，我神经十分正常。我认为，甲鱼同其他动物一样有生存的权利。称之为王八，是人类对它的诬蔑，是向它头上泼脏水。可惜甲鱼无知，不会向世界最高法庭上去状告人类，还要要求赔偿名誉费若干美元，而且要登报声明。我个人觉得，人类在新世纪、新千年中最重要的任务是处理好与大自然的关系。恩格斯已经警告过我们，不要过分陶醉于我们对自然界的胜利。对每一次这样的胜利，自然界都报复了我们。一百多年来的历史事实，日益证明了恩格斯警告之正确与准确。在新世纪中，人类首先必须改恶向善，改掉乱吃其他动物的恶习。人类必须遵守宋代大儒张载的话："民吾同胞，物吾与也"，把甲鱼也看成是自己的伙伴，把大自然看成是自己的朋友，而不是征服的对象。这样一来，人类庶几能有美妙光辉的前途。至于对我自己，也许有人认为我是《世说新语》中的人物，放诞不经。如果真正有的话，那就，那就——由它去吧。

再继续谈我的家和我自己。

我在"十年浩劫"中，自己跳出来反对那位倒行逆施的"老佛爷"，被打倒在地，被戴上了无数顶莫须有的帽子，天天被打，被骂。最初也只觉得滑稽可笑。但"谎言说上一千遍，就变成了真理"，最后连我自己都怀疑起来了："此身合是坏人未？泪眼迷离问苍天。"其实我并没有那么坏；但在许多人眼中，我已经成了一个"不可接触者"。

然而，世事多变，人间正道。不知道是怎么一来，我竟转身一变成了一个"极可接触者"。我常以知了自比。知了的幼虫最初藏在地下，黄昏时爬上树干，天一明就脱掉了旧壳，长出了翅膀，长鸣高枝，成了极富诗意的虫类，引得诗人"倚杖柴门外，临风听暮蝉"了。我现在就是一只长鸣高枝的蝉，名声四被，头上的桂冠比"文革"中头上戴的高帽子还要高出多多，有时候我自己都觉得脸红。其实我自己深知，我并没有那么好。然而，我这样发自肺腑的话，别人是不会相信的。这样一来，我虽孤家寡人，其实家里每天都是热闹非凡。有一位多年的老同事，天天到我家里来"打工"，处理我的杂务，照顾我的生活，最重要的事情是给我读报，读信，因为我眼睛不好。还有就是同不断打电话来或者亲自登门来的自称是我的"崇拜者"的人们打交道。学校领导因为觉得我年纪已大，不能再招待那么多的来访者，在我门上贴出了通告，想制约一下来访者的袭来，但用处不大，许多客人都视而不见，照样敲门不误。有少数人竟在门外荷塘边上等上几个钟头。除了来访者打电话者外，还有扛着沉重的录相机而来的电视台的导演和记者，以及每天都收到的数量颇大的信件和刊物。有一些年青的大中学生，把我看成了有求必应的土地爷，或者能预言先知的季铁嘴，向我请求这请求那，向我倾诉对自己父母都不肯透露的心中的苦闷。这些都要我那位"打工"的老同事来处理，我那位打工者此时就成了拦驾大使。想尽花样，费尽唇舌，说服那些想来采访，想来拍电视的好心和热心又诚心的朋友们，请他们稍安勿躁。这是极为繁重而困难的工作，我能深切体会。其忙碌困难的情况，我是能理解的。

最让我高兴的是，我结交了不少新朋友。他们都是著名的书法家、画家、诗人、作家、教授。我们彼此之间，除了真挚的感情和友谊之外，决无所求于对方。我是相信缘分的，"有缘千里来相会，无缘对面不相识"，缘分是说不明道不白的东西，但又确实存在。我相信，我同朋友之间就是有缘分的。我们一见如故，无话不谈。没见面时，总惦记着见面的时间；既见面则如鱼得水，心旷神怡；分手后又是朝思暮想，忆念难忘。对我来说，他们不是亲属，胜似亲属。有人说："人生得一知己足矣。"我得到的却不只是一个知己，而是一群知己。有人说我活得非常滋润。此情此景，岂是"滋润"二字可以了得！

我是一个呆板保守的人，秉性固执。几十年养成的习惯，我决不改变。一身卡其布的中山装，国内外不变，季节变化不变，别人认为是老顽固，我则自称是"博物馆的人物"，以示"抵抗"，后发制人。生活习惯也决不改变。四五十年来养成了早起的习惯，每天早晨四点半起床，前后差不了五分钟。古人说"黎明即起"，对我来说，这话夏天是适合的；冬天则是在黎明之前几个小时，我就起来了。我五点吃早点，可以说是先天下之早点而早点。吃完立即工作。我的工作主要是爬格子。几十年来，我已经爬出了上千万的字。这些东西都值得爬吗？我认为是值得的。我爬出的东西不见得都是精金粹玉，都是甘露醍醐，吃了能让人升天成仙。但是其中决没有毒药，决没有假冒伪劣，读了以后至少能让人获得点享受，能让人爱国，爱乡，爱人类，爱自然，爱儿童，爱一切美好的东西。总之一句话，能让人在精神境界中有所收益。我常常自己警告说：人吃饭是为了活着，但活着决不是为了吃饭。

人的一生是短暂的，决不能白白把生命浪费掉。如果我有一天工作没有什么收获，晚上躺在床上就疚愧难安，认为是慢性自杀。爬格子有没有名利思想呢？坦白地说，过去是有的。可是到了今天，名利对我都没有什么用处了，我之所以仍然爬，是出于惯性，其他冠冕堂皇的话，我说不出。"爬格不知老已至，名利于我如浮云"，或可能道出我现在的心情。

你想到过死没有呢？我仿佛听到有人在问。好，这话正问到节骨眼上。是的，我想到过死，过去也曾想到死，现在想得更多而已。在"十年浩劫"中，在1967年，一个千钧一发般的小插曲使我避免了走上"自绝于人民的"道路。从那以后，我认为，我已经死过一次，多活一天，都是赚的，到现在已经三十多年了，我真赚了个满堂满贯，真成为一个特殊的大富翁了。但人总是要死的，在这方面，谁也没有特权，没有豁免权。虽然常言道："黄泉路上无老少。"但是老年人毕竟有优先权。燕园是一个出老寿星的宝地。我虽年届九旬，但按照年龄顺序排队，我仍落在十几名之后。我曾私自发下宏愿大誓：在向八宝山的攀登中，我一定按照年龄顺序鱼贯而登，决不抢班夺权，硬去加塞。至于事实究竟如何，那就请听下回分解了。

既然已经死过一次，多少年来，我总以为自己已经参悟了人生。我常拿陶渊明的四句诗当做座右铭："纵浪大化中，不喜亦不惧，应尽便须尽，无复独多虑。"现在才逐渐发现，我自己并没能完全做到。常常想到死，就是一个证明，我有时幻想，自己为什么不能像朋友送给我摆在桌上的奇石那样，自己没有生命，但也决不会有死呢？我有时候也幻想：能不能让造物主勒住时间前进的步伐，让太阳和月亮永远明亮，地球上一切生物都停住不动，不老呢？哪怕是停上十年八年呢？大家千万不要误会，认为我怕死怕得要命。决不是那样。我早就认识到，永远变动，永不停息，是宇宙根本规律，要求不变是荒唐的。万物方生方死，是至理名言。江文通《恨赋》中说："自古皆有死，莫不饮恨而吞声。"那是没有见地的庸人之举，我虽庸陋，水平还不会那样低。即使我做不到热烈欢迎大限之来临，我也决不会饮恨吞声。

但是，人类是心中充满了矛盾的动物，其他动物没有思想，也就不会有这样多的矛盾。我忝列人类的一分子，心里面的矛盾总是免不了的。我现在是一方面眷恋人生，一方面却又觉得，自己活得实在太辛苦了，我想休息一下了。我向往庄子的话："大块载我以形，劳我以生。"大家千万不要误会，以为我就要自杀。自杀那玩意儿我决不会再干了。在别人眼中，我现在活得真是非常非常惬意了。不虞之誉，纷至沓来；求全之毁，几乎绝迹。我所到之处，见到的只有笑脸，感到的只有温暖。时时如坐春风，处处如沐春雨，人生至此，实在是真应该满足了。然而，实际情况却并不完全是这样惬意。古人说："不如意事常八九。"这话对我现在来说也是适用的。我时不时地总会碰到一些令人不愉快的事情，让自己的心情半天难以平静。即使在春风得意中，我也有自己的苦恼。我明明是一头瘦骨嶙峋的老牛，却有时被认成是日产鲜奶千磅的硕大的肥牛。已经挤出了奶水五百磅，还求索不止，认为我打了埋伏。其中情味，实难以为外人道也。这逼得我不能不想到休息。

我现在不时想到，自己活得太长了，快到一个世纪了。九十年前，山东临清县①一个既穷又小的官庄出生了一个野小子，竟走出了官庄，走出了临清，走到了济南，走到了北京，走到了德国；后来又走遍了几个大洲，几十个国家。如果把我的足迹画成一条长线的话，这条长线能绕地球几周。我看过埃及的金字塔，看过两河流域的古文化遗址，看过印度的泰姬陵，看过非洲的撒哈拉大沙漠，以及国内外的许多名山大川。我曾住过总统府之类的豪华宾馆，会见过许多总统、总理一级的人物，在流俗人的眼中，真可谓极风光之能事了。然而，我走过的漫长的道路并不总是铺着玫瑰花的，有时也荆棘丛生。我经过山重水复，也经过柳暗花明；走过阳关大道，也走过独木小桥。我曾到阎王爷那里去报到，没有被接纳。终于曲曲折折，颠颠簸簸，坎坎坷坷，磕磕碰碰，走到了今天。现在就坐在燕园朗润园中一个玻璃窗下，写着《九十述怀》。窗外已是寒冬。荷塘里在夏天接天映日的荷花，只剩下干枯的残叶在寒风中摇曳。玉兰花也只留下光秃秃的枝干在那里苦撑。但是，我知道，我仿佛看到荷花蜷曲在冰下淤泥里做着春天的梦；玉兰花则在枝头梦着"春意闹"。它们都在活着，只是暂时地休息，养精蓄锐，好在明年新世纪、新千年中开出更多更艳丽的花朵。

我自己当然也在活着。可是我活得太久了，活得太累了。歌德暮年在一首著名的小诗中想到休息。我也真想休息一下了。但

---

① 临清县：现为山东省临清市。

是，这是绝对不可能的。我就像鲁迅笔下的那一位"过客"那样，我的任务就是向前走，向前走。前方是什么地方呢？老翁看到的是坟墓，小女孩看到的是野百合花。我写《八十述怀》时，看到的是野百合花多于坟墓，今天则倒了一个个儿，坟墓多而野百合花少了。不管怎样，反正我是非走上前去不行的，不管是坟墓，还是野百合花，都不能阻挡我的步伐。冯友兰先生的"何止于米"，我已经越过了米的阶段。下一步就是"相期以茶"了。我觉得，我目前的选择只有眼前这一条路，这一条路并不遥远。等到我十年后再写《百岁述怀》的时候，那就离茶不远了。

2000 年 12 月 20 日

老年四"得"

　　著名的历史学家周一良教授，在他去世前的一段时间内，在一些公开场合，讲了他的或者他听到的老年健身法门。每一次讲，他都是眉开眼笑、眉飞色舞，十分投入。他讲了四句话：吃得进，拉得出，睡得着，想得开。这话我曾听过几次。我在心里第一个反应是：这有什么好讲的呢？不就是这样子吗？

　　一良先生不幸逝世以后，迫使我时常想到一些与他有关的事情，以上四句话，四个"得"，当然也在其中。我越想越觉得，这四句话确实很平凡；但是，人世间真正的真理不都是平凡的吗？真理蕴藏于平凡中，世事就是如此。

　　前三句话，就是我们所说的吃喝拉撒睡那一套，是每一个人每天都必须处理的，简直没有什么还值得考虑和研究的价值，但这是年青人和某一些中年人的看法。当年我在清华大学读书的时候，从来没想到这四个"得"的问题，因为它们不成问题。当时听说一个个子高大的同学患失眠症，我大惊失色。我睡觉总是睡不够的，一个人怎么会能失眠呢？失眠对我来说简直像是一个神话。至于吃和拉，更是不在话下。每一顿饭，如果少吃了一点，则不久就感到饿意。二战期间我在德国时，饿得连地球都想吞下去（借用俄国文豪果戈理《巡按使》中的话）。有一次下乡帮助农民摘苹果，得到四五斤土豆，我回家后一顿吃光，幸而没有撑死。怎么能够吃不下呢？直到80岁，拉对我也从来没有成为问题。

可是，"如今一切都改变"。前三个"得"，对我都成问题了。三天两头，总要便秘一次。吃了三黄片或果导，则立即变为腹泻。弄得我束手无策，不知所措。至于吃，我可以说，现在想吃什么就有什么。然而有时却什么也不想吃。偶尔有点饿意，便大喜若狂，昭告身边的朋友们："我害饿了！"睡眠则多年来靠舒乐安定过日子。不值一提了。

我认为，周一良先生的四"得"的要害是第四个，也就是"想得开"。人，虽自称为"万物之灵"，对于其他生物可以任意杀害，也并不总是高兴的。常言道："不如意事常八九，可与言人无二三。"这两句话对谁都适合。连叱咤风云的君王和大独裁者，以及手持原子弹吓唬别的民族的新法西斯头子，也不会例外。对待这种情况，万应神药只有一味，就是"想得开"。可惜绝大多数人做不到。尤其是我提到的三种人。他们想不开，也根本不想想得开。最后只能成为不齿于人类的狗屎堆。

想不开的事情很多，但统而言之不出名利二字，所谓"名缰利索"者便是。世界上能有几人真正逃得出这个缰和这条索？对于我们知识分子，名缰尤其难逃。逃不出的前车之鉴比比皆是。周一良先生的第四"得"，我们实在应深思。它不但适用于老年人，对中青年人也同样适用。

2002 年 6 月 16 日

老年十忌

我已经在本栏写过谈老年的文章，意犹未尽，再写"十忌"。

忌，就是禁忌，指不应该做的事情。人的一生，都有一些不应该做的事情，这是共性。老年是人生的一个阶段，有一些独特的不应该做的事情，这是特性，老年禁忌不一定有十个。我因受传统的"十全大补""某某十景"之类的"十"字迷的影响，姑先定为十个。将来或多或少，现在还说不准。骑驴看唱本，走着瞧吧。

一忌：说话太多。说话，除了哑巴以外，是每人每天必有的行动。有的人喜欢说话，有的人不喜欢，这决定于一个人的秉性，不能强求一律。我在这里讲忌说话太多，并没有"祸从口出"或"金人三缄其口"的涵义。说话惹祸，不在话多话少，有时候，一句话就能惹大祸。口舌惹祸，也不限于老年人，中年和青年都可能由此致祸。

我先举几个例子。

　　某大学有一位老教授，道德文章，有口皆碑。虽年逾耄耋，而思维敏锐，说话极有条理。不足之处是：一旦开口，就如悬河泄水，滔滔不绝；又如开了闸，再也关不住，水不断涌出。在那个大学里流传着一个传说：在学校召开的会上，某老一开口发言，有的人就退席回家吃饭，饭后再回到会场，某老谈兴正浓。据说有一次博士生答辩会，规定开会时间为两个半小时，某老参加，一口气讲了两个小时，这个会会是什么结果，答辩委员会的主席会有什么想法和措施，他会怎样抓耳挠腮，坐立不安，概可想见了。

　　另一个例子是一位著名的敦煌画家。他年轻的时候，头脑清楚，并不喜欢说话。一进入老境，脾气大变，也许还有点老年痴呆症的原因，说话既多又不清楚。有一年，在北京国家图书馆新建的大礼堂中召开中国敦煌吐鲁番学会的年会，开幕式必须请此老讲话。我们都知道他有这个毛病，预先请他夫人准备了一个发言稿，简捷而扼要，塞入他的外衣口袋里，再三叮嘱他，念完就退席。然而，他一登上主席台就把此事忘得一干二净，摆开架子，开口讲话，听口气是想从开天辟地讲起，如果讲到那一天的会议，中间至少有三千年的距离，主席有点沉不住气了。我们连忙采取紧急措施，把他夫人请上台，从他口袋里掏出发言稿，让他照念，然后下台如仪，会议才得以顺利进行。

　　类似的例子还可以举出一些来，我不再举了。根据我个人的观察，不是每一个老人都有这个小毛病，有的人就没有。我说它是"小毛病"，其实并不小。试问，我上面举出的开会的例子，难道那还不会制造极为尴尬的局面吗？当然，话又说了回来，爱说长话的人并不限于老年，中青年都有，不过以老年为多而已。因此，我编了四句话，奉献给老人：年老之人，血气已衰；煞车失灵，戒之在说。

二忌：倚老卖老。50年代和60年代前期，中国政治生活还比较（我只说是"比较"）正常的时候，周恩来招待外宾后，有时候会把参加招待的中国同志在外宾走后留下来，谈一谈招待中有什么问题或纰漏，有点总结经验的意味。这时候刚才外宾在时严肃的场面一变而为轻松活泼，大家都争着发言，谈笑风生，有时候一直谈到深夜。

有一次，总理发言时使用了中国常见的"倚老卖老"这个词儿。翻译一时有点迟疑，不知道怎样恰如其分地译成英文。总理注意到了，于是在客人走后就留下中国同志，议论如何翻译好这个词儿。大家七嘴八舌，最终也没能得出满意的结论。我现在查了两部《汉英词典》，都把这个词儿译为 To take advantage of one's seniority or old age，意思是利用自己的年老，得到某一些好处，比如脱落形迹之类。我认为基本能令人满意的；但是"达到脱落形迹的目的"，似乎还太狭隘了一点，应该是"达到对自己有利的目的"。

人世间确实不乏"倚老卖老"的人，学者队伍中更为常见。眼前请大家自己去找。我讲点过去的事情，故事就出在清吴敬梓的《儒林外史》中。吴敬梓有刻画人物的天才，着墨不多，而能活灵活现。第十八回，他写了两个时文家。胡三公子请客：

四位走进书房，见上面席间先坐着两个人，方巾白须，大模大样，见四位进来，慢慢立起身。严贡生认得，便上前道："卫先生、随先生都在这里，我们公揖。"当下作过了揖，请诸位坐。那卫先生、随先生也不谦让，仍旧上席坐了。

倚老卖老，架子可谓十足。然而本领却并不怎么样，他们的诗，"且夫""尝谓"都写在内，其余也就是文章批语上采下来的几个字眼。一直到今天，倚老卖老，摆老架子的人大都如此。

平心而论，人老了，不能说是什么好事，老态龙钟，惹人厌恶；但也不能说是什么坏事。人一老，经验丰富，识多见广。他们的经验，有时会对个人，甚至对国家，有些用处的。但是，这种用处是必须经过事实证明的，自己一厢情愿地认为有用处，是不会取信于人的。另外，根据我个人的体验与观察，一个人，老年人当然也包括在里面，最不喜欢别人瞧不起他。一感觉到自己受了怠慢，心里便不是滋味，甚至怒从心头起，拂袖而去。有时闹得双方都不愉快，甚至结下怨仇。这是完全要不得的。一个人受不受人尊敬，完全决定于你有没有值得别人尊敬的地方。在这里，摆架子，倚老卖老，都是枉然的。

三忌：思想僵化。人一老，在生理上必然会老化；在心理上或思想上，就会僵化。此事理之所必然，不足为怪。要举典型，有鲁迅的九斤老太在。

从生理上来看，人的躯体是由血、肉、骨等物质的东西构成的，是物质的东西就必然要变化、老化，以至消逝。生理的变化和老化必然影响心理或思想，这是无法抗御的。但是，变化、老化或僵化却因人而异，并不能一视同仁。有的人早，有的人晚；有的人快，有的人慢。所谓老年痴呆症，只是老化的一个表现形式。

空谈无补于事，试举一标本，加以剖析。远在天边，近在眼前，标本就是我自己。

我已届九旬高龄，古今中外的文人能活到这个年龄者只占极少数。我不相信这是由于什么天老爷、上帝或佛祖的庇祐，而是享了新社会的福。现在，我目虽不太明，但尚能见物；耳虽不太聪，但尚能闻声。看来距老年痴呆和八宝山还有一段距离，我也还没有这样的计划。

但是，思想僵化的迹象我也是有的。我的僵化同别人或许有点不同：它一半自然，一半人为；前者与他人共之，后者则为我所独有。

我不是九斤老太一党，我不但不认为"一代不如一代"，而且确信"雏凤清于老凤声"。可是最近几年来，一批"新人类"或"新新人类"脱颖而出，他们好像是一批外星人，他们的思想和举止令我迷惑不解，惶恐不安。这算不算是自然的思想僵化呢？

至于人为的思想僵化，则多一半是一种逆反心理在作祟。就拿穿中山装来作例子。我留德十年，当然是穿西装的。解放以后，我仍然有时改着西装。可是改革开放以来，不知从哪吹来了一股风，一夜之间，西装遍神州大地矣。我并不反对穿西装；但我不承认西装就是现代化的标志，而且打着领带锄地，我也觉得滑稽可笑。于是我自己就"僵化"起来，从此再不着西装，国内国外，大小典礼，我一律蓝色卡其布中山装一袭，以不变应万变矣。

还有一个"化"，我不知道怎样称呼它。世界科技进步，一日千里，没有科技，国难以兴，事理至明，无待赘言。科技给人类带来的幸福，也是有目共睹的。但是，它带来了危害，也无法掩饰。世界各国现在都惊呼环保，环境污染难道不是科技发展带来的吗？犹有进者。我突然感觉到，科技好像是龙虎山张天师镇妖瓶中放出来的妖魔，一旦放出来，你就无法控制。只就克隆技术一端言之，将来能克隆人，指日可待。一旦实现，则人类社会迄今行之有效的法律准则和伦理规范，必遭破坏。将来的人类社会变成什么样的社会呢？我有点不寒而栗。这似乎不尽属于"僵化"范畴，但又似乎与之接近。

四忌：不服老。服老，《现代汉语词典》的解释："承认年老"，可谓简明扼要。人上了年纪，是一个客观事实，服老就是承认它，这是唯物主义的态度。反之，不承认，也就是不服老倒迹近唯心了。

中国古代的历史记载和古典小说中，不服老的例子不可胜数，尽人皆知，无须列举。但是，有一点我必须在这里指出来：古今论者大都为不服老唱赞歌，这有点失于偏颇，绝对地无条件地赞美不服老，有害无益。

空谈无补，举几个实例，包括我自己。

1949年春夏之交，解放军进城还不太久，忘记了是出于什么原因，毛泽东的老师徐特立约我在他下榻的翠明庄见面。我准时赶到，徐老当时年已过八旬，从楼上走下，卫兵想去扶他，他却不停地用胳膊肘捣卫兵的双手，一股不服老的劲头至今给我留下了难忘的印象。

再一个例子是北大20年代的教授陈翰笙先生。陈先生生于1896年，跨越了三个世纪，至今仍然健在。他晚年病目失明，但这丝毫也没有影响了他的活动，有会必到。有人去拜访他，他必把客人送到电梯门口。有时还会对客人伸一伸胳膊，踢一踢腿，表示自己有的是劲。前几年，每天还安排时间教青年英文，分文不取。这样的不服老我是钦佩的。

也有人过于服老。年不到五十，就不敢吃蛋黄和动物内脏，怕胆固醇增高。这样的超前服老，我是不敢钦佩的。

至于我自己，我先讲一段经历。是在1995年，当时我已经达到了84岁高龄。然而我却丝毫没有感觉到，不知老之已至，正处在平生写作的第二个高峰中。每天跑一趟北大图书馆，几达两年之久，风雪无阻。我已经有点忘乎所以了。一天早晨，我照例四点半起床，到东边那一单元书房中去写作。一转瞬间，肚子里向我发出信号：该填一填它了。一看表，已经六点多了。于是我放下笔，准备回西房吃早点。可是不知是谁把门从外面锁上了，里面开不开。我大为吃惊，回头看到封了顶的阳台上有一扇玻璃窗可以打开。我于是不加思索，立即开窗跳出，从窗口到地面约有一米八高。我一堕地就跌了一个大马趴，脚后跟有点痛。旁边就是洋灰台阶的角，如果脑袋碰上，后果真不堪设想，我后怕起来了。我当天上下午都开了会，第二天又长驱数百里到天津南开大学去作报告。脚已经肿了起来。第三天，到校医院去检查，左脚跟有点破裂。

我这样的不服老，是昏聩糊涂的不服老，是绝对要不得的。

我在上面讲了不服老的可怕，也讲到了超前服老的可笑。然则何去何从呢？我认为，在战略上要不服老，在战术上要服老，二者结合，庶几近之。

五忌：无所事事。这是一个比较复杂的问题，必须细致地加以分析，区别对待，不能一概而论。

达官显宦，在退出政治舞台之后，幽居府邸，"庭院深深深几许"，我辈槛外人无法窥知，他们是无所事事呢，还是有所事事，无从谈起，姑存而不论。

富商大贾，一旦钱赚够了，年纪老了，把事业交给儿子、女儿或女婿，他们是怎样度过晚年的，我们也不得而知，我们能知道的只是钞票不能拿来炒着吃。这也姑且存而不论。

说来说去，我所能够知道的只是工、农和知识分子这些平头老百姓。中国古人说："一事不知，儒者之耻。"今天，我这个"儒者"却无论如何也没有胆量说这样的大话。我只能安分守己，夹起尾巴来做人，老老实实地只谈论老百姓的无所事事。

我曾到过承德，就住在避暑山庄对面的一旅馆里。每天清晨出门散步，总会看到一群老人，手提鸟笼，把笼子挂在树枝上，自己则分坐在山庄门前的石头上，"闲坐说玄宗"。一打听，才知道他们多是旗人，先人是守卫山庄的八旗兵，而今老了，无所事事，只有提鸟笼子。试思：他们除了提鸟笼子外还能干什么呢？

他们这种无所事事，不必深究。

北大也有一批退休的老工人，每日以提鸟笼为业。过去他们常聚集在我住房附近的一座石桥上，鸟笼也是挂在树枝上，笼内鸟儿放声高歌，清脆嘹亮。我走过时，也禁不住驻足谛听，闻而乐之。这一群工人也可以说是无所事事，然而他们又怎样能有所事事呢？

现在我只能谈我自己也是其中一分子，因而我最了解知识分子的情况。国家给年老的知识分子规定了退休年龄，这是合情合理的，应该感激的。但是，知识分子行当不同，身体条件也不相同。是否能做到老有所为，完全取决于自己，不取决于政府。自然科学和技术，我不懂，不敢瞎说。至于人文社会科学，则我是颇为熟悉的。一般说来，社会科学的研究不靠天才火花一时的迸发，而靠长期积累。一个人到了六十多岁退休的关头，往往正是知识积累和资料积累达到炉火纯青的时候。一旦退下，对国家和个人都是一个损失。有进取心有干劲者，可能还会继续干下去的。可是大多数人则无所事事。我在南北几个大学中都听到了有关"散步教授"的说法，就是，一个退休教授天天在校园里溜达，成了全校著名的人物。我没同"散步教授"谈过话，不知道他们是怎样想的。估计他们也不会很舒服。锻炼身体，未可厚非。但是，整天这样"锻炼"，不也太乏味太单调了吗？学海无涯，何妨再跳进去游泳一番，再扎上两个猛子，不也会身心两健吗？蒙田说得好："如果（不让）大脑有事可做，有所制约，它就会在想象的旷野里驰骋，有时就会迷失方向。"

六忌：提当年勇。我做了一个梦。我驾着祥云或别的什么云，飞上了天宫，在凌霄宝殿多功能厅里，参加了一个务虚会。第一个发言的是项羽。他历数早年指挥雄师数十万，横行天下，各路诸侯皆俯首称臣，他是诸侯盟主，颐指气使，没有敢违抗者。鸿门设宴，吓得刘邦像一只小耗子一般。说到尽兴处，手舞足蹈，吐沫星子乱溅。这时忽然站起来了一位天神，问项羽：四面楚歌、乌江自刎是怎么一回事呀？项羽立即垂下了脑袋，仿佛是一个泄了气的皮球。

第二个发言的是吕布，他手握方天画戟，英气逼人。他放言高论，大肆吹嘘自己怎样戏貂婵，杀董卓，为天下人民除害；虎牢关力敌关、张、刘三将，天下无敌。正吹得眉飞色舞，一名神仙忽然高声打断了他的发言："白门楼上向曹操下跪，恳求饶命，大耳贼刘备一句话就断送了你的性命，是怎么一回事呢？"吕布面色立变，流满了汗，立即下台，像一只斗败了的公鸡。

第三个发言的是关羽。他久处天宫，大地上到处都有关帝庙，房子多得住不过来。他威仪俨然，放不下神架子。但发言时，一谈到过五关斩六将，用青龙偃月刀挑起曹操捧上的战袍时，便不禁圆睁丹凤眼，猛抖卧蚕眉，兴致淋漓，令人肃然。但是又忽然站起了一位天官，问道："夜走麦城是怎么一回事呢？"关公立即放下神架子，神色仓皇，脸上是否发红，不得而知，因为他的脸本来就是红的。他跳下讲台，在天宫里演了一出夜走麦城。

我听来听去，实在厌了，便连忙驾祥云回到大地上，正巧落在绍兴，又正巧阿Q被小D抓住辫子往墙上猛撞，阿Q大呼："我从前比你阔得多了！"可是小 D 并不买账。

谁一看都能知道，我的梦是假的。但是，在芸芸众生中，特别是在老年中，确有一些人靠自夸当年勇来过日子。我认为，这也算是一种自然现象。争胜好强也许是人类一种本能。但一旦年老，争胜有心，好强无力，便难免产生一种自卑情结。可又不甘心自卑，于是只有自夸当年勇一途，可以聊以自慰。对于这种情况，别人是爱莫能助的。"解铃还需系铃人"，只有自己随时警惕。

现在有一些得了世界冠军的运动员有一句口头禅：从零开始。意思是，不管冠军或金牌多么灿烂辉煌，一旦到手，即成过去，从现在起又要从零开始了。

我觉得，从零开始是唯一正确的想法。

七忌：自我封闭。这里专讲知识分子，别的界我不清楚。但是，行文时也难免涉及社会其他阶层。

中国古人说："人生识字忧患始。"其实不识字也有忧患。道家说，万物方生方死。人从生下的一刹那开始，死亡的历程也就开始了。这个历程可长可短，长可能到一百年或者更长，短则几个小时，几天，少年夭折者有之，英年早逝者有之，中年弃世者有之，好不容易，跌跌撞撞，坎坎坷坷，熬到了老年，早已心力交瘁了。

能活到老年，是一种幸福，但也是一种灾难。并不是每一个人都能活到老年，所以说是幸福。但是老年又有老年的难处，所以说是灾难。

老年人最常见的现象或者灾难是自我封闭。封闭，有行动上的封闭，有思想感情上的封闭，形式和程度又因人而异。老年人有事理广达，有事理欠通达者。前者比较能认清宇宙万物以及人类社会发展的规律，了解到事物的改变是绝对的，不变是相对的，千万不要要求事物永恒不变。后者则相反；他们要求事物永恒不变；即使变，也是越变越坏，上面讲到的九斤老太就属于此类人。这一类人，即使仍然活跃在人群中，但在思想感情方面他们却把自己严密地封闭起来了。这是最常见的一种自我封闭的形式。

空言无益，试举几个例子。

我在高中读书时，有一位教经学的老师，是前清的秀才或举人。"五经"和"四书"背得滚瓜烂熟，据说还能倒背如流。他教我们《书经》和《诗经》，从来不带课本，业务是非常熟练的。

可学生并不喜欢他。因为他张口闭口："我们大清国怎样怎样。"学生就给他起了一个浑名"大清国"，他真实的姓名反隐而不彰了。我们认为他是老顽固，他认为我们是新叛逆。我们中间不是代沟，而是万丈深渊，是他把自己完全封闭起来了。

再举一个例子。我有一位老友，写过新诗，填过旧词，毕生研究中国文学史，都达到了相当高的水平。他为人随和，性格开朗，并没有什么乖僻之处。可是，到了最近几年，突然产生了自我封闭的现象，不参加外面的会，不大愿意见人，自己一个人在家里高声唱歌。我曾几次以老友的身份，劝他出来活动活动，他都婉言拒绝。他心里是怎样想的，至今对我还是一个谜。

我认为，老年人不管有什么形式的自我封闭现象，都是对个人健康不利的。我奉劝普天下老年人力矫此弊。同青年人在一起，即使是"新新人类"吧，他们身上的活力总会感染老年人的。

八忌：叹老嗟贫。叹老嗟贫，在中国的读书人中，是常见的现象，特别是所谓怀才不遇的人们中，更是特别突出。我们读古代诗文，这样的内容随时可见。在现代的知识分子中，这样的现象比较少见了，难道这也是中国知识分子进化或进步的一种表现吗？

我认为，这是一个十分值得研究的课题。它是中国知识分子学和中西知识分子比较学的重要内容。

我为什么又拉扯上了西方知识分子呢？因为他们与中国的不同，是现成的参照系。

西方的社会伦理道德标准同中国不同，实用主义色彩极浓。一个人对社会有能力作贡献，社会就尊重你。一旦人老珠黄，对社会没有用了，社会就丢弃你，包括自己的子孙也照样丢弃了你，社会舆论不以为忤。当年我在德国哥廷根时，章士钊的夫人也同儿子住在那里，租了一家德国人的三楼居住。我去看望章伯母时，走过二楼，经常看到一间小屋关着门，门外地上摆着一碗饭，一丝热气也没有。我最初认为是喂猫或喂狗用的。后来一打听，才知道是给小屋内卧病不起的母亲准备的饭菜。同时，房东还养了一条大狼狗，一天要吃一斤牛肉。这种天上人间的情况无人非议，连躺在小屋内病床上的老太太大概也会认为所有这一切都是顺理成章的吧。

在这种狭隘的实用主义大潮中，西方的诗人和学者极少极少写叹老嗟贫的诗文。同中国比起来，简直不成比例。

在中国，情况则大大地不同。中国知识分子一向有"学而优则仕"的传统。过去一千多年以来，仕的途径只有一条，就是科举。"千军万马独木桥"，所有的读书人都拥挤在这一条路上，从秀才—举人向上爬，爬到进士参加殿试，僧多粥少，极少数极幸运者可以爬完全程，"仕宦而至将相，富贵而归故乡"，达到这个目的万中难得一人。大家只要读一读《儒林外史》，便一目了然。在这样的情况下，倘若科举不利，老而又贫，除了叹老嗟贫以外，实在无路可走了。古人说"诗必穷而后工"，其中"穷"字也有科举不利这个涵义。古代大官很少有好诗文传世，其原因实在耐人寻味。

今天，时代变了。但是"学而优则仕"的幽灵未泯，学士、硕士、博士、院士代替了秀才、举人、进士、状元。骨子里并没有大变。在当今知识分子中，一旦有了点成就，便立即披上一顶乌纱帽，这现象难道还少见吗？

今天的中国社会已能跟上世界潮流，但是，封建思想的残余还不容忽视。我们都要加以警惕。

九忌：老想到死。好生恶死，为所有生物之本能。我们只能加以尊重，不能妄加评论。

作为万物之灵的人，更是不能例外。俗话说："黄泉路上无老少。"可是人一到了老年，特别是耄耋之年，离开那一个长满了野百合花的地方越来越近了，此时常想到死，更是非常自然的。

今人如此，古人何独不然！中国古代的文学家、思想家、骚人、墨客大都关心生死问题。根据我个人的思考，各个时代是颇不相同的。两晋南北朝时期似乎更为关注。粗略地划分一下，可以分为三派。第一派对死十分恐惧，而且敢于十分坦荡地说了出来。这一派可以江淹为代表。他的《恨赋》一开头就说："试望平原，蔓草萦骨，拱木敛魂。人生到此，天道宁论。"最后几句话是："自古皆有死。莫不饮恨而吞声。"话说得再清楚不过了。

第二派可以"竹林七贤"为代表。《世说新语·任诞第二十三》第一条就讲到阮籍、嵇康、山涛、刘伶、阮咸、向秀和王戎"常集于竹林之中，肆意酣畅"，这是一群酒徒。其中最著名的刘伶命人荷锹跟着他，说："死便埋我！"对死看得十分豁达。实际上，情况正相反，他们怕死怕得发抖，聊作姿态以自欺欺人耳。其中当然还有逃避残酷的政治迫害的用意。

第三派可以陶渊明为代表。他的意见具见他的诗《神释》中。诗中有这样的话："老少同一死，贤愚无复数。日醉或能忘，将非促龄具！立善常所欣，谁当为此举？甚念伤吾生，正宜委运去。纵浪大化中，不喜亦不惧。应尽便须尽，无复独多虑。"他反对酣酒麻醉自己，也反对常想到死。我认为，这是最正确的态度。最后四句诗成了我的座右铭。

我在上面已经说到，老年人想到死，是非常自然的。关键是：想到以后，自己抱什么态度。惶惶不可终日，甚至饮恨吞声，是最要不得，这样必将成陶渊明所说的"促龄具"。最正确的态度是顺其自然，泰然处之。

鲁迅不到五十岁，就写了有关死的文章。王国维则说："五十之年，只欠一死。"结果投了昆明湖。我之所以能泰然处之，有我的特殊原因。"十年浩劫"中，我已走到过死亡的边缘上，一个千钧一发的偶然性救了我。从那以后，多活一天，我都认为是多赚的。因此就比较能对死从容对待了。

我在这里诚挚奉劝普天之下的年老又通达事理的人，偶尔想一下死，是可以的；但不必老想。我希望大家都像我一样，以陶渊明《神释》诗最后四句为座右铭。

十忌：愤世嫉俗。愤世嫉俗这个现象，没有时代的限制，也没有年龄的限制。古今皆有，老少具备，但以年纪大的人为多。它对人的心理和生理都会有很大的危害，也不利于社会的安定团结。

世事发生必有其因。愤世嫉俗的产生也自有其原因。归纳起来，约有以下诸端：

首先，自古以来，任何时代，任何朝代，能完全满足人民大众的愿望者，绝对没有。不管汉代的文景之治怎样美妙，唐代的贞观之治和开元之治怎样理想，宫廷都难免腐败，官吏都难免贪污，百姓就因而难免不满，其尤甚者就是愤世嫉俗。

其次，"学而优则仕"达不到目的，特别是科举时代名落孙山者，人不在少数，必然愤世嫉俗。这在中国古代小说中可以找出不少的典型。

再次，古今中外都不缺少自命天才的人。有的真有点天才或者才干，有的则只是个人妄想，但是别人偏不买账，于是就愤世嫉俗。其尤甚者，如西方的尼采要"重新估定一切价值"，又如中国的徐文长。结果无法满足，只好自己发了疯。

最后，也是最常见的，对社会变化的迅猛跟不上，对新生事物看不顺眼，是九斤老太一党；九斤老太不识字，只会说："一代不如一代"，识字的知识分子，特别是老年人，便表现为愤世嫉俗，牢骚满腹。

以上只是一个大体的轮廓，不足为据。

在中国文学史上，愤世嫉俗的传统，由来已久。《楚辞》的"黄钟毁弃，瓦缶雷鸣"等语就是最早的证据之一。以后历代的文人多有愤世嫉俗之作，形成了知识分子性格上一大特点。

我也算是一个知识分子，姑以我自己为麻雀，加以剖析。愤世嫉俗的情绪和言论，我也是有的。但是，我又有我自己的表现方式。我往往不是看到社会上的一些不正常现象而牢骚满腹，怪话连篇，而是迷惑不解，惶恐不安。我曾写文章赞美过代沟，说代沟是人类进步的象征。这是我真实的想法。可是到了目前，我自己也傻了眼，横亘在我眼前的像我这样老一代人和一些"新人类""新新人类"之间的代沟，突然显得其阔无限，其深无底，简直无法逾越了，仿佛把人类历史断成了两截。我感到恐慌，我不知道这样发展下去将伊于胡底。我个人认为，这也是愤世嫉俗的一种表现形式，是要不得的；可我一时又改变不过来，为之奈何！

我不知道，与我想法相同或者相似的有没有人在，有的话，究竟有多少人。我想来想去，觉得还是毛泽东的两句诗好："牢骚太盛防肠断，风物常宜放眼量。"

2000 年 2 月 22 日写毕

伍

万里星光，
一如既往

这一轮太阳赤红如炽炭，威猛如火龙，辉辉煌煌，高悬在宇宙之中，吸引住了朵朵的葵花，照亮了人类前进的道路。光芒直上三千大千世界。

朵朵葵花向太阳

我们生活在有几百万人口的大城市里，天天在这里活动。只要一出门，就会遇到成百上千的人。在公共汽车上，在电车上，在大街上，在商店里，在公园里，在卖菜的市场里，你都会遇到提着篮子买菜的阿姨，都会遇到领着孙子孙女出来游玩的老奶奶，都会遇到梳着两条大辫子的卖票姑娘，都会遇到忙忙碌碌的街道干部。这些人，你随时见到，随地见到。有的面孔你看过不止一次，你觉得十分熟悉了。她们都是平平常常的人，面带笑容，心平气和；她们似乎再也不会引起你的任何幻想：你看她们已经看得习惯到不能再习惯了。

但是，如果有人问：你真熟悉这些人了吗？你知道，她们想的是什么，爱的是什么，恨的又是什么吗？你知道她们的憧憬和愿望是什么吗？

这样一问，恐怕就将了你的军，你恐怕就要交白卷。

我自己正是一个要交白卷的人。

对我来说，这确是一件新鲜事儿，自己过去从没有想到这个问题。我天天遇到这些人，看惯了这些人。我只觉得她们平平常常，和和气气，我对她们什么都没有想过。

但是我最近参加了一些对城市居民进行宣传的工作。我天天见到的正是这些人。这一次不是在公共汽车上、电车上、大街上，不是在商店里、公园里、卖菜的市场里；而是在她们家里。我不仅仅见到她们，而且向她们说明一些事情，同她们谈话。天天在一起，她们也就不再把我当做外人；她们对我谈她们想的是什么，爱的是什么，恨的又是什么。她们对我谈她们的憧憬和愿望。这使我大吃一惊，原来这一些平平常常、和和气气的人们，心里面竟有这样多的事情，竟有这样复杂艰苦的经历，竟有这样多的爱和恨。我蓦地发现：原来我认为十分熟悉的人，竟是十分陌生，我仿佛走到一个新天地里去了。

在小组会上，她们争先恐后地告诉我她们自己过去的经历和今天的感受。有的人说：她七岁给地主当丫头，三年只挣了一件短褂子。临走的时候，地主连这一件短褂子也不给她，把她扒得浑身精光，赶出了门。有的人说：她丈夫参加了抗日游击队，给地主鬼子逮住，十冬腊月，脱得一丝不挂，用鞭子抽；浑身流血，他们就铺上麻，等干了的时候，再往下揭，连皮都揭掉一层。有的人说：小时候穷，住的是地主的房子。人家是下雨往屋里跑，我们是下雨往屋外跑，怕房子塌了砸死。后来给地主家去当丫头，地主婆每天夜里来打她。她每次上床的时候，心里就想：不知道明天还能不能

活着看到太阳出来。她亲眼看到，地主婆活活地打死一个十六七岁
的丫头，用席子一包就拖了出去，脸上的汗毛也不动一动。有的人
说：她从小被父母卖给地主家当丫头。夜里地主和地主婆吸大烟，
要她在旁边侍候。她一打盹，地主婆就用大烟扦子扎她的嘴，扎她
的手，把一只手扎成了残废。有一天，她的父母来看她，地主不让
见。据说父母留下了两方小手巾，上面写着她的姓名和生辰八字。
她才知道自己姓什么。她父母以后就没有再见面，至今死活不知。
就连她这姓，她也有些怀疑；地主那样说，她也就只好那样信了。
她就像是孙悟空一样，从石头缝里蹦出来的。……

　　大家边说边哭，有时候引得全场流泪，会都不得不暂时中止。
正在大家谈得十分热烈的时候，一个六十多岁的老大娘霍地站了
起来，啜泣了一阵，就开了言。她说，她不善于说话，一说心里
就哆嗦；她不愿意提过去的事，一提就哭。但是，今天非提一提
不行了。小时候到地主家去要饭，地主放出狗来，咬烂了她的腿。
地主拿出来几张煎饼，她以为是给自己的呢。可是地主用煎饼擦
了擦她腿上的血就丢给狗吃了。十来岁就帮母亲给挑水的工人洗
补衣服，仍挣不上吃，母亲又叫她要饭。父亲受了人的骗，把她
许给一个比她大二十多岁的男人当老婆。这个人不务正，只知道
赌钱。头一胎生了一个女孩，饿死了。第二胎生了一个男孩，第
三胎又是一个女孩。家里穷得揭不开锅，她还没有出月子，就锯
木头卖钱。坐在洋灰地上，整宿拉锯，又硬又凉。好容易挣了几
个钱，丈夫偷去押宝输了。男孩子三岁的时候，有一天晚上，她
已经睡下，丈夫回家，掐着她的脑袋说："我给你商议一件事。

我们把男孩子卖了吧，一百块大洋。"她一听就生了气，说道："你爱咋办就咋办吧。反正我从娘家什么也没有带来，孩子都是你的。"她出去赊了半斤烧酒、五盒洋火，泡了泡就喝了下去。孩子不懂事，看到花花绿绿的洋火盒，喜欢得了不得，伸手抓过来玩，她自己想："再过半小时，我就看不到我的孩子了！"心里简直像尖刀割滚油浇。别人用胰子水灌她，幸而没死，丈夫拿起两床被子，卷了卷，走了，从此再没有回来。她千辛万苦，拉巴两个孩子。受中国有钱人的气，还要受日本人的气。她公公和舅舅都给日本人打死了。好容易熬到解放，她算是从地狱里一步登上了天堂。现在儿女和儿媳都是国家干部，楼上楼下，电灯电话，吃穿不愁。没有共产党，没有毛主席，她的骨头早就烂在土里了。她经常把过去的苦处讲给儿孙听，告诉他们不能忘本。如果她年轻二十岁，她还想学一学产科，当一名助产士哩。

她一提到"解放"这个词儿，大伙儿立刻振奋起来。仿佛这个词儿有大神通力，它仿佛是暗夜的灯光、严冬的太阳、绝望中的希望。大家脸上的愁苦为之一扫，立刻拨云雾见青天，转寒秋为阳春。原来"单轨制"进行的谈话，一下子变成多轨制了。大家异口同声地说："没有共产党，没有毛主席，也就没有我们的今天。"有一个老太太说："从现在到共产主义，路还远着哩。没有指南针，一定会迷路。共产党就是我们的指南针。"另一个老太太说："从前我自杀过，现在我倒不想死哩。"又有一个老太太说："解放前的日子过一天就够了，现在却是越过越想过。"一位四川口音的老太太站起来，兴奋地说："我们今天的日子来得不容易，谁要想捣乱，我们一定阶级斗争他！"她把"阶级斗争他"说了三遍。

在一刹那间，我有点呆了。难道这些人就是我平常看惯了那些提着篮子买菜的阿姨、领着孙子孙女出来游玩的老奶奶吗？我原来认为十分熟悉的人一下子变得陌生起来。然而我是多么喜欢这些暂时间似乎是陌生的人啊！她们心里埋藏着对于旧社会的无比强烈的恨，宛如汪洋大海，深不可测。她们恨民族敌人和阶级敌人，决不允许他们复辟。同时，她们心里也埋藏着对于新社会的无比强烈的爱，也宛如汪洋大海，深不可测。她们用火热的心爱着我们伟大的党和伟大的领袖。这是她们的命根子，决不允许人碰一碰。正因为她们恨旧社会，所以才更爱新社会。也可以说，正因为她们爱新社会，所以才更恨旧社会。这爱与恨都是达到顶点的、不可调和的。这样的人民是伟大的；有着这样人民的国家是伟大的。我感到振奋与骄傲。

通过她们嘴里说出来的话，我蓦地仿佛看到了她们的心。在我眼中，她们的心都变成了向日葵；每一颗心是一朵，我眼前就有上百朵向日葵，而且还不是一般的向日葵，花朵特别大，颜色特别美，开得光彩焕发，兴会淋漓，在骀荡的东风中，怡然自得。我的眼睛透过了墙壁，看到了全国，我眼前就有六亿五千万朵向日葵。所有这一些向日葵都向着一轮巨大无比的太阳开放。这一轮太阳赤红如炽炭，威猛如火龙，辉辉煌煌，高悬在宇宙之中，吸引住了朵朵的葵花，照亮了人类前进的道路。光芒直上三千大千世界。

1964 年 2 月 12 日

野火

天寒风急，风砂击面，镐下如雨，地坚如石。北梁子上正展开一场挖坑田的大战。这地方是一个山岗，四面都没有屏障。从八达岭上扫下来的狂风以惊人的力量和速度扑向这里，把人们吹得像水上的浮萍。而挖坑的活也十分艰苦。地面上松松的一层浮土，几镐刨下去，就露出了胶泥。这玩意儿是软硬不吃，一镐刨上仿佛是块硬橡皮，只显出一点浅浅的镐痕，却掉不下多少来。刨不了几下，人们的手就给震出了血，有的人连虎口都给震裂了。

往年在这数九寒天，人们早已停了地里的活，呆在家里的热炕头上，搓搓棒子，干些轻活，等着过春节吃饺子了。最多也不过是到山上去打上几次柴，准备过春节的时候烧。这当然也不是什么重活。真没有想到，今年在这样的时候，在这样的天气中，来到这样一个地方，干这样扎手的活。

可是，那过去的老皇历一点也没有影响他们的情绪，他们个

240

个精神抖擞，干劲冲天。在飞砂走石中，他们沉着，勇猛，身上的热气顶住了寒气，手下的镐声压住了风声。一团热烈紧张的气氛直冲九霄。

蓦地，不知是谁喊了一声：

"野火！"

是的，是野火。在远处的山麓上腾起一股浓烟，被大风吹得摇摇晃晃。最初并不大，但很快就扩散开来，有的地方还隐隐约约地露出了火苗。在烟火特别浓厚的地方，影影绰绰地看到有人在努力扑打。但是风助火势，火仗风威，被烧的地面越来越大。没有着火的地方是一片枯黄色，着过了火则是一片黑色。仿佛有人在那里铺开一张黑色的地毯，地毯边上镶着金边。只见金边迅速地扩大，转眼半个山麓就给这地毯铺满了。

这当然引起人们的注意。人们边刨地，边瞭望，指指点点，交换着意见。一个人说：

"这火下了山岗了。"

过了一会，又有人说：

"这火爬上另一个山岗了。"

再隔一会，又有人说：

"这火快到山沟了。"

他们以为沟会把火挡住，所以谁也没有动，仍然是边刨地，边瞭望，指指点点，交换着意见。

忽然，不知谁喊了一声："火已经过了山沟！"大家立刻一愣。原来过了沟就是一片苹果园。野火烧山草，这是比较常见的事。

但是，让野火烧掉人民的财富，却是不允许的。大家几乎是在同一秒钟内，丢下手中的铁镐，扛起铁锹，向着野火，飞奔而去。

地势是忽高忽低、崎岖不平的，还不知道有多少山沟，多少沙滩。地边上、沟边上又长满了葛针，浑身是刺，在那里等候着人们。衣服碰上，会被撕破；手碰上，会被扎伤。可是这一群扛铁锹的人，却不管这一切，他们像是空中的飞将，跨涧越沟，来到了着火的地方。

这时候的风至少有七八级，这个山麓又正在风口上。狂风以雷霆万钧之力从山口里窜出来，从山岗上呼啸而过。疾风卷烈火，烈火焚枯草，一片黄色的草地转眼就变成了一片黑。你看到草尖上一点火、草茎上一点火、草根上一点火，一刹那就聚拢起来，形成一团火。你看到脚下一点火、身边一点火，一刹那就跑出去老远，像海滩上退潮那样，刚才在脚底下，冷不防就退了回去，要追也追不上。看样子，野火一定想把山岗烧遍，把苹果树烧光。可是人们并没有被它吓住，一定不让它过沟。有人用铁锹扑打，有人用衣服扑打，有人甚至用自己的手脚扑打。衣服烧着了，鞋子烧破了，手烧伤了，脸烧黑了。但是，野火再快，也不如人的腿快；风再硬，也不如人的心硬。大片的野火终于被扑灭了，只是无可奈何地冒着轻烟。

大家擦了擦脸上的黑灰，披上了烧破的衣服，扛起铁锹，谈笑风生地走回北梁子。没有一个人想到自己所受的损失：工分减少了，衣服撕破了，身体受伤了。他们也没有感到，这是什么了不起的事情。他们似乎认为，这是很自然的，很平常的，像每天吃饭睡觉那样平常。

　　这时候，风更大了，天更冷了，飞砂更多了。但是，在雨点般的铁锹的飞落下，胶泥却似乎变得软了起来，几锹就刨出一个坑来。成排成排的坑迅速地出现在田地上，好像有意要显示农民的英雄气概。同我共同劳动的这些农民，我应该说是非常熟悉的。我知道他们的姓名、爱好，也曾在他们家里吃过饭。平常日子我并没有感觉到他们身上有什么特异之处。可是今天，他们的形象在我眼内高大了起来。我想到毛主席的一句诗："遍地英雄下夕烟"。我眼前站着这样一群老实朴素的农民，不正是"遍地英雄"吗？

1966 年 2 月 17 日

香橼

　　书桌上摆着一只大香橼，半黄半绿，黄绿相间，耀目争辉。每当夜深人静，我坐下来看点什么写点什么的时候，它就在灯光下闪着淡淡的光芒，散发出一阵阵的暗香，驱除了我的疲倦，振奋了我的精神。

　　它也唤起了我的回忆，回忆到它的家乡，云南思茅。

　　思茅是有名的地方。可是，在过去几百年几千年的历史上，它是地地道道的蛮烟瘴雨之乡。对内地的人来说，它是一个神秘莫测的地方；除非被充军，是没有人敢到这里来的。来到这里，也就不想再活着离开。"江南瘴疠地"，真令人谈虎色变。当时这里流行着许多俗语："要下思茅坝，先把老婆嫁""只见娘怀胎，不见儿上街"等等。这是从实际生活中归纳出来的结论，情况也真够惨的了。

　　就说十几二十年以前吧，这里也还是一个人间地狱。1938 年

244

和 1948 年，这里爆发了两次恶性疟疾，每两个人中就有一个患病死亡的。城里的人死得没有剩下几个。即使在白天，也是阴风惨惨。县大老爷的衙门里，野草长到一人多高。平常住在深山密林里的虎豹，干脆扶老携幼把家搬到县衙门里来，在这里生男育女，安居乐业，这里比山上安全得多。

这就是过去的情况。

但是，不久以前，当我来到祖国这个边疆城市的时候，情况却完全不一样了。我们一走下飞机，就爱上了这个地方。这简直是一个宝地，一个乐园。这里群山环翠，碧草如茵，有四时不谢之花，八节长春之草。我们都情不自禁地唱起"思茅的天，是晴朗的天"这样自己编的歌来。你就看那菜地吧：大白菜又肥又大，一棵看上去至少有三十斤。叶子绿得像翡翠，这绿色仿佛凝固了起来，一伸手就能抓到一块。香蕉和芭蕉也长得高大逾常，有的竟赛过两层楼房，把黑大的影子铺在地上。其他的花草树木，无不繁荣茂盛，郁郁苍苍。到处是一片绿、绿、绿。我感到有一股活力，奔腾横溢，如万斛泉涌，拔地而出。

人呢，当然也都是健康的。现在，恶性疟疾已经基本上扑灭。患这种病的人一千人中才有两个，只等于过去的二百五十分之一。即使不幸得上这种病，也有药可以治好。所谓"蛮烟瘴雨"，早成历史陈迹了。

我永远也忘不掉我们参观的那一个托儿所。这里面窗明几净，地无纤尘。谁也不会想到，就在十几年前，这里还是一片荒草。我们看了所有的屋子，那些小桌子、小椅子、小床、小凳、小碗、小盆，无不整整齐齐，干干净净。这里的男女小主人更是个个活泼可爱，个个都是小胖子。他们穿着花花绿绿的衣服，向我们高声问好，给我们表演唱歌跳舞。红苹果似的小脸笑成了一朵朵的花。我立刻想到那句俗语："只见娘怀胎，不见儿上街"，我心里思绪万端，真有不胜今昔之感了。我们说这个地方现在是乐园、是宝地，除此之外，难道还有更恰当的名称吗？

就在这样一个宝地上，我第一次见到大香橼。香橼，我早就见过；但那是北京温室里培育出来的，倒是娇小玲珑，可惜只有鸭蛋那样大。思茅的香橼却像小南瓜那样大，一个有四五斤重。拿到手里，清香扑鼻。颜色有绿有黄，绿的像孔雀的嗉袋，黄的像田黄石，令人爱不释手。我最初确有点吃惊：怎么香橼竟能长到这样大呢？但立刻又想到：宝地生宝物，不也是很自然的吗？

我们大家都想得到这样一只香橼。画家想画它，摄影家想照它。我既不会画，也不会摄影，但我十分爱这个边疆的城市，却又无法把它放在箱子里带回北京。我觉得，香橼就是这个城市的象征，带走一只大香橼，就无异于带走思茅。于是我就买了一只，带回北京来，现在就摆在我的书桌上。我每次看到它，就回忆起思茅来，回忆起我在那里度过的那一些愉快的日子来，那些动人心魄的感受也立刻涌上心头。思茅仿佛就在我的眼前，历历如绘。在这时候，我的疲倦被驱除了，我的精神振奋起来了，而且我还幻想，在今天的情况下，已经长得够大的香橼，将来还会愈长愈大。

1962 年 3 月 30 日

一点希望

  《笔会》到了知命之年了，这首先应当热烈祝贺。过去 50 年并不是风平浪静的 50 年。尽管我们的建设取得了很大的成绩，但是走过来的道路并不平坦。有时候黑云压城，有时候惊涛骇浪，而《笔会》竟能健康地活了下来，青春犹在，锐意未消，前途仍然如火如荼，《笔会》的朋友们谁不会为之欢欣鼓舞呢？

  我也自命为《笔会》的朋友，既是读者，又是作者。《笔会》的主编不满足于过去的成绩，值此新千年，新世纪开始之际，发出了征文启事，希望《笔会》的朋友们提出新的希望，我也在被"征"之列。根据我在上面说到的情况，自己也对《笔会》提出点希望，不管这希望多么平庸，是义不容辞的事。

  编者在征文启事中提出了"进一步贴近时代，走近读者"。我个人认为这要求提得具体，提得及时，提得精辟，提得高明，我就从"贴近时代"谈起吧。

历史是一条切不断的长河，但又确实有时代可分。新世纪的时代是什么样子，我们目前很难确说。但它一定是眼前时代的继续和发展，则是毫无疑义的。眼前这个时代是成绩很大，问题也有。在学术界和文学艺术界，眼前最令人关注的是提高人民的，特别是青年的人文素质。这个问题任重道远，解决起来，并不容易。参与这一项工作是不容推卸的责任。但是《笔会》是发表文学作品的副刊，而不是可以正面说教的理论周刊，只能采用潜移默化，润物无声的方式来达到目的。文章必须能促使人们爱祖国，爱人类，爱生活，爱生命，以及爱一切所应该爱的事物；必须能提高人们的精神境界，使人奋发图强，永远向上。

我有一个想法，已经在许多文章中表达过。我认为，人生有三大责任：处理好人与大自然的关系，处理好人与人的关系，处理好个人心中思想与感情的矛盾问题。就眼前来看，处理好人与大自然的关系实在是焦点。这个问题处理不好，必影响人类生存前途。我们的《笔会》对这个问题也决不应袖手旁观。

以上就是我的一点希望。

2000 年 12 月 3 日

黎明前的北京

　　前后加起来，我在北京已经住了四十多年，算是一个老北京了。北京的名胜古迹，北京的妙处，我应该说是了解的；其他老北京当然也了解。但是有一点，我相信绝大多数的老北京并不了解，这就是黎明时分以前的北京。

　　多少年来，我养成了一个习惯：每天早晨四点在黎明以前起床工作。我不出去跑步或散步，而是一下床就干活儿。因此我对黎明前的北京的了解是在屋子里感觉到的。我从前在什么报上读过一篇文章，讲黎明时分天安门广场上的清洁工人。那情景必然是非常动人的，可惜我从未能见到，只是心向往之而已。

　　四十年前，我住在城里在明朝曾经是特务机关的东厂里面。几座深深的大院子，在最里面三个院子里只住着我一个人。朋友们都说这地方阴森可怕，晚上很少有人敢来找我，我则怡然自得。每当夏夜，我起床以后，立刻就闻到院子里那些高大的马缨花树散发出来的阵阵幽香，这些香气破窗而入，我于此时神清气爽，乐不可支，连手中那一支笨拙的笔也仿佛生了花。

几年以后，我搬到西郊来住，照例四点起床，坐在窗前工作。白天透过窗子能够看到北京展览馆那金光闪闪的高塔的尖顶，此时当然看不到了。但是，我知道，即使我看不见它，它仍然在那里挺然耸入天空，仿佛想带给人以希望，以上进的劲头。我仍然是乐不可支，心也仿佛飞上了高空。

过了十年，我又搬了家。这新居既没有马缨花，也看不到金色的塔顶。但是门前却有一片清碧的荷塘。刚搬来的几年，池塘里还有荷花。夏天早晨四点已经算是黎明时分。在薄暗中透过窗子可以看到接天莲叶，而荷花的香气也幽然袭来，我顾而乐之，大有超出马缨花和金色塔顶之上的意味了。

难道我欣赏黎明前的北京仅仅由于上述的原因吗？不是的。三十几年以来，我成了一个"开会迷"。说老实话，积三十年之经验，我真有点怕开会了。在白天，一整天说不定什么时候就会接到开会的通知。说一句过火的话，我简直是提心吊胆，心里不得安宁。即使不开会，这种惴惴不安的心情总摆脱不掉。只有在黎明以前，根据我的经验，没有哪里会来找你开会的。因此，我起床往桌子旁边一坐，仿佛有什么近似条件反射的东西立刻就起了作用，我心里安安静静，一下子进入角色，拿起笔来，"文思"（如果也算是文思的话）如泉水喷涌，记忆力也像刚磨过的刀子，锐不可当。此时，我真是乐不可支，如果给我机会的话，我简直想手舞足蹈了。

因此，我爱北京，特别爱黎明前的北京。

1985 年 2 月 11 日

春色满寰中

我曾歌颂过春满燕园，我曾歌颂过燕园盛夏，我也曾在金色的深秋里歌颂了春归燕园。

在这些文章里我满腔热情，满怀期望地歌颂了青年人。

但是，现在看来，不够了，远远地不够了。

我要连同青年人一并歌颂老年人，连同春满燕园一并歌颂春色满寰中。

我最近参加了一个全国性的会议。在将近两千个参加的人员中，平均年龄是六十七岁。在我们小组里，平均年龄竟达到七十多岁。我们中间有当年江西苏区的老部长，有参加长征的老干部，有解放后的部长、副部长，有穷年累月钻研一门学问的老专家，年龄都在七八十岁。他们行动几乎都不要人搀扶，他们说话几乎都是声如洪钟。铁面无情的时间好像在他们身上没有留下一点痕迹。

我被人称作"老"已经有些年头了，我自己也认为自己已经老了。

但是，在这里，我却无论如何也老不起来；我只能算是一个小老头，一个年轻人。我环顾周围诸老，他们并不老态龙钟、老眼昏花、老牛破车、老气横秋、倚老卖老、老大伤悲；而是老当益壮、老谋深算、老骥伏枥、老马识途、老羆当道、老成持重。他们都有一颗年轻的心。他们关心民族的命运、国家的前途、四化的实现、个人的贡献。如果把青年比作早晨八九点钟的太阳，这些老年人大概可以算是下午五六点钟的太阳吧。早晨八九点钟的太阳固然是光辉灿烂的，这些下午五六点钟的太阳难道不也是同样地光辉灿烂吗？

记得屠格涅夫有一篇散文诗，讲到人们向前走，向前走，归根结底走到一个黑洞那里——这就是坟。鲁迅先生也有一篇散文诗，叫作《过客》。在这里面，过客问老翁道："老丈，你大约是久住在这里的，你可知道前面是怎么一个所在么？"老翁回答说："前面？前面，是坟。"但是，女孩立刻抗议说："不，不，不，那里有许多野百合、野蔷薇。"

我没有同别的老头谈过前面是什么的问题，全国的老头我当然更无法都见到。但是，我坚决相信，如果问他们前面是怎么一个所在的话，他们一定不会说是："坟"，而会像那个小女孩一样说："野百合、野蔷薇"。他们决不会感到："夕阳无限好，只是近黄昏。"他们会感到："天意怜幽草，人间重晚晴"；他们会感到："有此倾城好颜色，天教晚发赛诸花。"

我纵情歌唱春色满寰中，歌颂我们的老年人，难道还有人会反驳我吗？

1979 年 10 月

火车上观日出

在晨光熹微中，我走出了卧铺车厢，走到了列车的走廊上。猛一抬头，我的全身连我的内心立刻激烈地震动了一下：东方正有一抹胭脂似的像月芽一般的红彤彤的东西腾涌出来。这是即将升起的朝阳，我心里想。

我年逾古稀，平生看日出多矣。有的是我有意去寻求的，比如泰山观日。整整五十年前，当时我还是一个青年小伙子，正在济南一个中学里教书。在旧历八月中秋，我约了两个朋友，从济南乘火车到泰安。当天下午我们就上了山。我只有二十三岁，正是精力旺盛的时候，我大跨步走过斗姆宫、快活三里、五大夫松，一气登上了南天门，丝毫也没有感到什么吃力，什么惊险。此时正是暮色四垂，阴影布上群山的时候，四顾寂无一人，万古的沉寂压在我们身上。在一个鸡毛小店里住了一夜。第二天，摸黑起来，披上店里的棉被，登上玉皇顶。此时东天逐渐苍白。我瞪大了眼睛，连眨眼都不敢，盼望奇迹的出现。可是左等右等，我等待的奇迹太阳只是不露面。等到东天布满了一片红霞时，再仔细一看，朝阳已经像一个红色的血球，徘徊于片片的白云中，原来太阳早已经出来了。

从那以后，过了四十多年，到了八十年代初，我第一次登上了"归来不看岳"的黄山。在北海住了三天。我曾同小泓摸黑起床，赶到一座小山顶上，那里已经黑压压地挤满了人。我们好不容易挤了上去，在人堆里争取了一块容身之地，静下心来，翘首东望，恭候日出。东天原来是灰蒙蒙一片，只是比西方、南方、北方稍微显得白了亮了一点。但是，一转瞬间，亮度逐渐增高，由淡白转成了淡红，再由淡红转成了浓红，一片霞光照亮东天。再一转瞬，一芽红痕突然涌出，红痕慢慢向上扩大，由一点到一线，由一线到一片，一轮又圆又红的球终于跳出来了。

就这样，我在泰山和黄山这两个在全中国甚至全世界都以能观日出而声名远扬的名山上，看到了日出。是我自己处心积虑一意追求而得来的。

我现在是在火车上，既非泰山，也非黄山。我做梦也没有想到会同观赏日出联系起来，我一点寻求的意思也没有。然而，仿佛眼前出现了奇迹：摆在我眼前的是不折不扣的日出。我内心的震惊不是完全很自然的吗？

这样的日出，从来没有听人说观赏过，连听人谈到过都没有。它同以前处心积虑一意追求看到的不一样，完完全全地不一样。不管在泰山，还是在黄山，我都是静止不动的。太阳虽然动，也只是在一个地方动，她安详自在，慢条斯理，威严端重，不慌不忙。她在我眼中是崇高的化身，是威仪的重现。正像印度大诗人泰戈尔每天早晨对着朝阳沉思默祷那样，太阳在我眼中也是神圣不可侵犯的。

然而现在却是另一番景象。火车风驰电掣，顷刻数里，一刻也不停。而太阳也是一刻也不停，穷追不舍。她仿佛是率领着白云、朝霞、沧海、苍穹，仿佛率领着她那些如云的随从，追赶着火车，追赶着车上的我，过山，过水，过森林，过小村。有时候我甚至看到她鬓云凌乱，衣冠不整。原来的端庄威严，安详自在，一点影子都没有了。是她在处心积虑，一意追求，追求着火车上的我，一定要我观看她的出现。此时我的心情简直是用任何言语也形容不出来了。

太阳一方面穷追不舍，一方面自己在不停地变幻。最初我只看到在淡红色的云堆中慢慢地涌出了一点红色月芽似的东西。月芽逐渐扩大，扩大，扩大，最初的颜色像是朱砂，眼睛能够直视。但是，随着体积的逐渐扩大，朱砂逐渐变为黄金，光芒越来越亮，到了最后，辉光焜耀，谁要是再想看她，她的光芒就要刺他眼睛了。等到太阳高高升起的时候，她在天空里俯视大地，俯视火车，俯视火车中的我，她又恢复了她那端庄威严，安详自在的神态，虽然是仍然跟着火车走，却再也没有那种仓促急忙的样子了。

这短短的车上观日出的经历，对我来说，简直像是一次神秘的天启。它让我暂时离开了尘世，离开了火车，甚至离开了我自己。我体会到变中有不变，不变中又有变；我体会到变化与速度的交互融合，交互影响。这种体会，我是无法说清楚的。等我回到车厢内的时候，人们还在熟睡未醒。我仿佛怀着独得之秘，静静地坐在那里，回想刚才的一切，余味犹甘。一团焜耀的光辉还留在我的心中。

1984 年 10 月 17 日在烟台写初稿

1992 年 7 月 10 日在北京写定稿